磨言

超冊

田島毓堂 著

◉右文書院◉

はじめに

六年半前、七十三歳の誕生日の一ヶ月前に、六十三歳で名古屋大学を定年退官したあと九年間勤めました愛知学院大学を退職、以後自由な毎日を過ごしております。閑人と称していますが、その実、割合多忙な日々を過ごしております。

二〇一六年には、満七十六歳の誕生日より、少し遅れましたが数え年七十七歳の折に喜寿を自祝して『磨言志冊』を出すことが出来、皆様方にお配りいたしました。また、その一年少したって右文書院の三武社長のお薦めもあり、全面的にお世話になって『磨言則冊』を出すことが出来ました。

今回、今年数え八十歳になります。傘寿を記念して本冊を出すことが出来ました。これは終活の一環ということもありますが、またまた三武社長によって、書いた時期を基準に記事を選んでいただき、この『磨言超冊』が出来ました。

人生百年時代を迎えたとはいえ、それは一般的なことであり、一人一人にとっては当然ながら個人差があります。私はサンデー毎日の日々を暮らしておりますが、割合健康であります。尤も、研究に割く時間は極端に少なくなりました。実は、それがひょっとすると健康の元かも知れません。

ただ、最近になって以前お断りしていた永平寺の『傘松』誌への寄稿、余りお断りしてもと思い、お引き受けいたしました。私は、元々言葉の研究を専門にしていました。ただ、この『傘松』誌は色々な方が読まれるもの、然も編集者が理系の方ということもあり、最初の原稿には多くのだめ出しがありました。私は、一時これはとても駄目だと諦めかけましたが、この機会を逃すとなかなか機会は巡ってこないと思い、以前からの一種の願望でありました正法眼蔵のサ変動詞の研究のまとめでもありますので、再三再四読み直し書き直して多少とも皆さんにお読みいただけるものをと思って今悪戦苦闘しております。既にこの正法眼蔵のサ変動詞の研究に取りかかってから五十数年経っており、キチンとしたデータも残っておりませんので、検証に随分時間をかけ、以前の研究生活に戻ったような気分であります。

現在そんな状況にある私であります。来年のお正月には皆様方のお手元に届くようにと、ゆっくりと急いでおります。

掲載しました記事は、原稿末尾に記してあった日時を基準にしていますが、中にはよく分からないものもありました。そして、既に申しましたように掲載の文章は、右文書院三武義彦社長の編集であります。これも人任せであります。記して甚深の謝意を表します。

令和元年九月二十五日

田島毓堂識

目次

私の仏教――人の心

徒然草に、後徳大寺の大臣の屋敷で、寝殿に縄を張って、鳶が来ないようにとしたことがあったとある。それを西行法師が見て、「鳶のゐたらんは、何かは苦しかるべき」と、後徳大寺の大臣の器量はこんなに狭いのかと見限って、以後出入りしなかったという。ところが、他の所でも同じようなことがあった。それは、池の魚を鳶が捕って食うのでそれが哀れで鳶が来ないようにしたのだった。後徳大寺にも何か理由があったのかも知れぬと、西行の早とちりを戒めた内容だったように記憶する。人のしたこととの真意はなかなか分からないものである。

最近いつも思う。名古屋駅前の大きなビル、銀行が入っている。その敷地にはなるのだが、歩道と繋がっている部分、そこに、パイロンを立て、綱ではないが、仕切りをして入れないようにしてある。わずか1メートルそこそこの巾であるが、混雑するときなどは、そこが通行できないと、かなり不便を感じる。その時、ふと、徒然草の後徳大寺の縄を思い出す。その、ビル管理者の考えるところは何か。以前、よく、自転車が放置されていた。その防止という意味があったのかも知れない。ただ、最近では放置自転車が厳しく取り締まられ、そこに自転車が放置されていることはない。ただ、人が通れなくなっているだけである。

それに、ビルはこのように公道同様に人々が自由に行き来できるところを確保することによって容積率などで恩恵を受けているはずであり、それを妨害するのは一種の約束違反ではないかと思うのだが、どうなのだろう。自転車が置かれるのが嫌なら、そうしないように、監視する人を配置すればいいのだ。人件費がかかるかも知れないが、今、失業する人が多いとき、少しでも、そういう人の働き口を用意することは大事なのではないだろうか。企業は人有っての物であって、人が企業のためにあるのではない。少しでも社会のためになることを考えるべきだと思う。

それとも、西行法師の早とちりと同じように、我等如きが計り知れないもっともっと深いわけがあるのだろうか。

〔2009.1.21〕

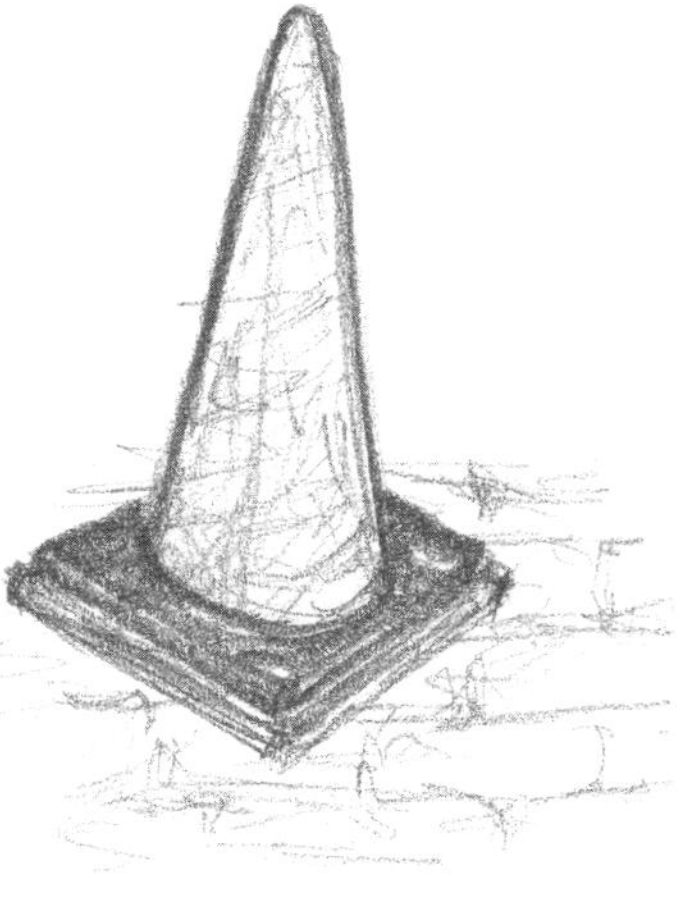

私の仏教 ―― 母の認知症

認知症の老人が徘徊して、電車にひかれ、遺族が鉄道会社から、代替輸送に使ったバス代などを請求され、裁判所は地裁も高裁も遺族の責任を認めた。これは、今後社会問題化しよう。

それでなくても認知症老人の問題は深刻だ。老人でなくても深刻だが。

母が骨折して入院、その直後からあらぬ事を口走りだした。典型的な老人性認知症の発症だ。それ以後十ヶ月の間に、色々な病院を転々とさせられ、病状は悪化の一途、遂に自分の子供も区別が付かなくなり、物理的に、一番世話になった弟の名前も分からなくなった。看護師が言うには、自分には子供が五人いると言ったが、名前を聞くと長男の名前ばかりを繰り返すと。そうして呼吸困難になって、二ヶ月近く苦しい人工呼吸器を付けられて逝った。年に不足はなくても、最後の十ヶ月は人格を失っていた。誠に残念だったが、これが認知症の真相だ。

母が死んだとき、兄のもとに、同級生から電話があった。開口一番「良かったなあ、おめでとう」と言うのだった。まあ、なんとあけすけな、ありのままの真情の吐露だろう。彼女の母親も同じ症状で入院していたのだった。

母は、幸か不幸か、入院後一時退院したときも歩行は自由でなかった。それを称して、やはり「良かったな」と言う人が居た。痴呆で、足腰の丈夫な人は大変なのだ。こういう一見非常識なような言葉はそういう親族の居る経験から出た悲痛な叫びなのだ。

昨年だけでも認知症老人の徘徊、行方不明は一万人。死亡というケースが数百あり、未だに行方不明も同数程度有るという。認知症老人ではないけれども、知的障害の子供の場合も、行方不明になって探すのに一苦労という経験を嫌というほど味わった。動物の行動を調べるために、その動物を捕まえて発信器を付けるということを聞いていたが、その時、その子にもそれを付けることが出来まいかと思ったものだ。

最近の技術進歩はそういうことを可能にしたように思う。幼稚園や保育園の子供にＩＣチップを付け、親たちが預かった子供の様子を家にいても見られるということが実現しているし、最近ではケータイがその役割を担っている。園内に受信装置があるから出来るのだが、今の技術なら、道路に受信装置を設置することくらい、やろうと思えば簡単だろう。

人権問題を言う人があるかも知れないが、悲惨な結末を迎えるより、ＩＣチップを体に付け、受信装置を出来るだけ広範囲に設置し、行方不明を防ぐ手だてを講ずることは必要ではあるまいか。

〔2014.5.1〕

私の仏教——夏休み子供科学電話相談・挨拶の訓練

ＮＨＫに夏休み子供科学電話相談という番組がある。もう30年以上も前から続いている。以前、車で家族一緒に旅行したときなど、よく聞いていた。今も、午前中はラジオを付ければ高校野球がなければこの番組、今年は、国会が延々開かれているので国会中継のために放送のないことも多かった。一応、ぶっつけ本番みたいな番組（実際は事前に調整されているに決まっているが）、時に奇想天外な質問で如何にも子供らしいと思わされることがあるが、総じて大して面白い番組ではない。惰性で聞いているところもある。

聞いていて最初に気になるのは子供達の言葉遣い、挨拶の仕方である。回答する人達が苦労しながら話しているのに聞いているのか居ないのか、丸で無反応な子もいる。挨拶がきちんと出来る子供はたとい小学校にも上がらないような子供でも、やりとりを聞いているだけで清々しい。反して、いい年をしているのにだらけた物言いの子供、返事のきちんと出来ない子供には仕方のないことだが、いらつく。回答する人が、「～ちゃん、お早う」と言うと、質問者も「おはよう」と言うのは面白い。やっぱり大人も子供と思って「おはよう」などと言わず、「お早うございます」と言うべきなのだろう。こうやって挨拶も覚えていくのだから。

ところで、今日、もう八月も終盤、少し聞いていたが落ち着いた質問の仕方、中学二年生だった。道理でしっかりしている。質問も殆ど専門家のようだった。養蜂の話だった。しっかり記憶してないが、それに対する解答は不十分な気がした。他に、地震の話、渡り鳥の話、いずれも中学生だったように思う。少し興味があったので聞いていたが、肝腎な質問には答えていなかった。地震にＰ波、Ｓ波が何故あるかという質問に対し、その名前の説明と性質について説明はしていた。Ｐ波は、最初の波動、次の波動のＳ波の方が大きいなどとは言っていたが、「何故あるか」という質問、言ってみれば何故別々の震動の仕方があるかについては説明が聞けなかった。

渡り鳥の質問も、何故渡りをする鳥としない鳥があるかということだった。渡りをする鳥については何故渡りをするようになったかまで説明していたが、しない鳥については、羽が小さいとかなんかとは言っていたが、何故しないかについて明確な説明はなかった。「わかりましたか?」「はい」で終わるけれども本当に納得したのだろうか。

勿論、十分納得でき、考えるヒントとなることも多い。今日偶々覚えているのがこんな例だが、聞く方にもう少し力があればもっともっと面白くなるのだと思う。

基本的に、未だ何も分からない幼稚園児などの質問、これは聞いてて無駄だと思う。基礎的な用語が分からないから、説明のしようのないものが多い。そういうのは集めておいて別の機会にでもやればいい。

この電話相談は言葉遣いの実践練習である。言葉に拘る私としては、どうしても内容よりも、きちんとした質疑応答ということに気が向いてしまう。回答者が一生懸命説明しているのに、何も反応しない質問者が居ると、聞いていてイライラしてラジオを切ってしまうことさえある。

他の放送でも電話相談というのが時々あるが、同じ事を感ずる。言葉遣いがきちんとしていればそれだけで好感度が増す。

〔2015.8.26〕

私の仏教——見ていようが、見ていまいが

人の目があるのと無いのとではやることの違うのが人の常である、と言ったら言い過ぎだろうか。そうでないと言える人がどれだけ居るだろうか。道元禅師は人が見ているところでもそうでないところでも、恥ずべき事は恥じなければならぬとしている。

ホテルの個室、投票所、更衣室、自分の部屋等々、個人の秘密を守ることが近代人の一特徴であり、権利でもあるようである。子ども部屋なども親からの聖域に成りつつある。しかし、人は、他人が見ていようが見ていまいが、本来すべきことをしすべきでないことはしない、ということが本当はあるべき事で、そのように我々は要請されているのではないか。

ところが、最近では世の中がそうなってしまったのだろうか、そして、それが当然なのであろうか、私にとっては、人の見ていないところでさえすべきでないと考えられることを、何の躊躇《ためら》いもなくしている人達を見る。そもそも倫理的価値基準が違ってしまっているのか、電話ボックスは外から丸見え、ニコニコ話をしている。と見ると、下の棚の電話帳に平気で土足をかけている。こんなのは序の口、人目構わず、車の灰皿の吸いがらなどを道路に捨て、空き缶を捨て、……、唖然とするばかり。願わくは、人目憚らず、自己を真っ直ぐ伸ばす方へも向かって欲しい。

外国人の日本人評には、右に書いたような事がないと褒めちぎっているが、こういうのを見ると恥ずかしくなる。

兼好法師はものをするのに「よくせざらんほどはなまじひに人に知られじ、うちうちよく習ひえてさし出でたらんこそいと心にくからめと常にいふめれど、かくいふ人、一芸も習ひうることなし」と言っている。極意であろう。これは、ただ、人目憚らず、不行跡を行っているのではない。

〔2015.9.9〕

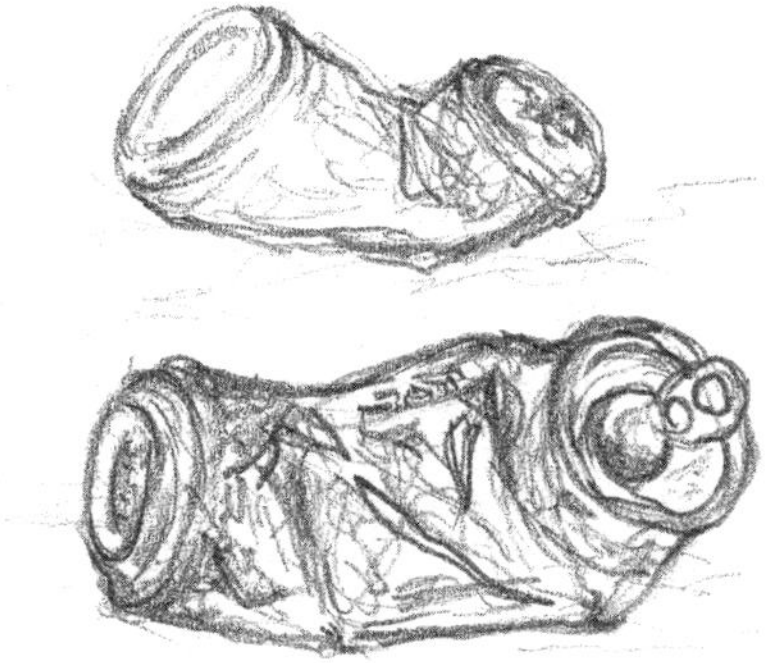

私の仏教 ―― もったいない

この「もったいない」という言葉はケニア出身の環境保護活動家であるワンガリ・マータイ氏によって世界的に知られるようになった。切っ掛けは２００５年2月、京都議定書関連行事のため、毎日新聞社の招聘により日本を訪問した彼女が同社編集局長とのインタビューで"wasteful"と同じ意味の『MOTTAINAI』と出会い、同年3月には国連女性地位委員会で出席者全員に「もったいない」と唱和させたりするなど、世界へこの語を広めようとした。

この「もったいない」は消費削減（リデュース）、再使用（リユース）、再生利用（リサイクル）、尊敬（リスペクト）の概念を一語で表わしている。これは環境問題を考える重要な概念で、これにあたる言葉を探したが、「もったいない」のように自然や物に対する敬意、愛などの意思が込められているような言葉が他に見つからなかった。そのため、そのまま『MOTTAINAI』を世界共通の言葉として広めているという。

なお、このマータイさんは２００４年にはノーベル平和賞も受賞している。

まるで違う話で恐縮だが、この一月以来世間を騒がせている廃棄処分されるべきビーフカツの横流し問題にかかわって考えさせられることが多い。その問題に「もったいない」がどうしてもついて回る。この横流し問題は、その後どんどん広がりを見せている。初めはCoCo壱番屋のビーフカツに異物が混入した疑いから、ビーフカツが廃棄処分にされたのに、それを請け負った産業廃棄物処理業者が一部処分しただけで、大半を食品卸業者に転売したということに端を発していた。ところが、その食品卸業者の倉庫からは他に百品目以上の期限切れ食品などが発見され、それが又市場に出回った疑いが持たれている。その広がりは未だ十分把握されていないようだ。ただ、この不正によって、食べた人に健康被害などがあったということは知られていないだけは幸いである。

また、一方で、加工食品製造業社は売れ残ったり、賞味期限切れすれすれの商品を不正に販売されないように、色々苦労して廃棄を工夫しているという報道もされている。それらは業務用ということであり、生半可の量ではない。賞味期限切れすれすれの商品など、もったいないとしか言いようがない。家庭に有れば捨てるようなことはよほどの人でなければ有るまいと思う。

横流しをしたのは、決して許されることではないが、未だ食べてもいいような物を見て、「もったいない」と思ったに違いない。こんな川柳があった「廃棄カツもったいないを勘違い」（中日新聞2016.2.3）。

食品の廃棄などは決して意図してやっているのではないし、生産計画も中々難しいのだろうが、もう少し上手くできないものだろうか。期限切れすれすれの物などを集めて、それを必要とする人に供給する事業もあるという。

日本で一年に消費されるそういう加工食品の量が８００万トンくらいという。そして、廃棄されるのが５００万トンから８００万トンに上ると聞けば、これでいいと言えるはずがない。私に、これを解決する智慧はないが、何とか世の中の知恵者が上手い方法を考え出して欲しいものだ。食品だけに、奇妙な物が出回っても困るけれども。

折しも、フランスでこういう食品を廃棄することを禁止する法案が可決されたというニュースを知った。

〔2016.2.3〕

私の仏教——言葉を大事に「重たい」

ラジオを聞いていてオヤッと思った言葉、実はこの時に限らず、最近ちょくちょく聞く。言葉は変化するから、そういう使い方が出てきたのだろうけれども、私は違和感を拭いきれない。その一つが「重たい」。

この荷物はとても「重い」とも、とても「重たい」ともいう。それに違和感はない。物は重いとも重たいともいうのである。しかし、「重い任務」と言っても、余り「重たい任務」とは言うまいと思う。少なくとも私はこんな言い方はしない。

甘利経済再生大臣の事務所が地元業者から説明の付かないお金を受け取ったり、大臣自身大臣室でお金を受け取り、それを後日政治資金として記載したというようなことが週刊誌の報道から明らかになり、その納得のいく説明が十分出来ないということで、大臣を辞職した。そのことに関して、安倍総理大臣の任命責任が問われている中で、民主党の西村議員は「総理には重たい任命責任がある」（2016.2.2の国会予算委員会質疑）と言っていた。私も任免者の責任重大だということは分かるが、こう聞いた途端漬け物石か何かのような気がしてげんなりした。

病気なども重体になったのを「病は重い」とは言うが、「病は重たい」とは言うまい。それとも言うのであろうか。ピッチャーが「重い速球でバッターをしとめた」とは言うだろうが「重たい速球」と言うだろうか。

上役の叱責が「重く響いた」それで「回りの雰囲気が重く沈んだ」を「重たく響いた」とか「雰囲気が重たく沈んだ」などはどうか。最後の例は有るのかも知れない。

「体が重くて立つのも億劫だ」「選手の動きは重い」「パソコンの動きが重い」「嫌な気分が重くのし掛かってきた」などは、「重い」のほうが普通なようにも思うが、どっちでもいいように思う。

「重たい」は辞書に依れば誠に曖昧な説明だが、「重さが実感されるような場合」に使うとある。そうすると「責任の重さ」を実感していれば、「重たい責任」というのだろうか。中々この区別を上手く言い表すことは難しい。

反義語の「軽い」にはこういう対はない。「かるし」「かろし」だけで、現代語の普通の言い方は、「かるい」だけである。「おもたし」は古典には見られない、ただ、「重たげ」というのはあるから、簡単に見つからないだけかも知れない。しかし、「おもし」に比べれば丸で使用頻度は違う。

〔2016.2.8〕

私の仏教 ―― 世界一質素な大統領

「世界一貧乏な大統領」と言われている前ウルグアイ大統領ホセ・ムヒカさんが来日して、日本の若者達にいろいろ話をしてくれた。

その中で、ムヒカさんは「貧乏」とは、あれが欲しい、これが欲しいと欲しい物が一杯ある人のことを言うのである、と「貧乏」の定義をした。だから、彼は決して「世界一貧乏な大統領」ではなくて、「質素な大統領」であるだけだ。

正に少欲知足の見本、世界に希有な唯一無二の政治家である。大統領としての給料もその一割だけを自分で使い、後の九割は福祉のために寄付してしまっている。新聞の時事川柳に「日本の総理に欲しいホセ・ムヒカ」（中日新聞2016.4.25）というのがあったが、なにも日本だけではない。世界中の政治指導者にムヒカさんが欲しい。

先頃から、パナマ文書というのが流出して、世界の錚々たる政治家が、パナマのタックスヘイブン（租税回避地というのだそうだが、税金天国と言った方がピッタリだ）に名を連ねている。それで、既にそのことのために退陣に追い込まれたのが、アイルランドの首相。イギリスのキャメロン首相も防戦に大わらわ。ロシアのプーチン大統領は西側の陰謀だと言うし、習近平主席の中国はそのニュースすら全てカット。虎も蝿も全部片づけると腐敗撲滅に取り組んでいる習近平主席にとっては余程不都合なのはよく分かるが、クサイ物に蓋をするだけ。元を絶たなければどうにもならないだろう。何時まで中国人民に知られずにいるだろうか。

つい、話が逸れてしまった。ムヒカさんは、そういう指導者にとっては煙たい存在だろう。もっともっと、このムヒカさんを取り上げて、世界中の純真な子供達に知らせて欲しい。そういうことを知った子供達が世の中の重要な地位を占めて初心を貫徹していってくれたらどんなにいい世の中になるだろう。今までにもそういう政治家が居なかったわけではないが、孤軍奮闘、大勢の無理解に潰されてしまっている。

このムヒカさんの経歴についてもテレビで知った。筆舌に尽くしがたい苦労をされている。投獄されて十数年過酷な拷問にも独房の生活にも耐えた。民衆を救おうという強い信念による精神力の賜物だろう。世のマスコミはもっともっと大々的に取り上げて欲しいと思う。私は、出来ることが有れば、応援したい。

〔2016.4.26〕

私の仏教 ―― 納得の出来る生き方

高校生の新聞投書に「納得できる生き方歩む」という文章があった。ちょっと気になったので読んでみたら、野球のイチロー選手の言葉「第三者の評価を意識した生き方はしたくない。自分が納得した生き方をしたい」という言葉に触発され、勇気づけられ、自分も「保育士になる」という希望を、色々妨害されたが、納得できる生き方のために初志を貫徹したいというものだった。若者らしい純粋な気持ちに感銘を受けた。是非、この思いを無くさないで欲しいと思う。

翻って、自分のまわりや世の中を眺めてみて、正に「世間の目」を気にすることが如何に多いか。自分がそうじゃないと言い切れるかどうかは分からないが、私は少なくとも自分の意志を捨て、人の意見で動くようなことはしないつもりで来ている。尤も、こう言うと、人の意見を聞かず勝手気ままにやっているという事になるのかも知れないが、それは紙一重、自分勝手になることは厳に戒めている。

この世間体を気にする、人の目を気にする、他の評判に右往左往するということは、実は国としての日本がそうであるように思う。国際社会の中での日本の評判ということに気を使いすぎているように思う。第二次世界大戦での敗北が日本人を必要以上に萎縮させてしまっている。逆に、世界にはそれを笠に着て日本を痛めつけようとするような趣も見られる。どちらもおかしな事である。国際関係はお互い様、無茶なことでなければ、ちゃんと理屈の通ることなら、堂々と振る舞えばいい。正に納得するように振る舞うのがいい。卑屈になって、遠慮しても何にも成らない。北朝鮮みたいな態度はどうかと思うが、日本ももっと堂々と振る舞わなければならない。これは、個人としても同様に思う。

つまり、他の評価より、自らの信ずるところに従って、正に納得の出来るような生き方をする、ということが大切だ。そのためには、自分を厳しく磨いて、それこそ人に後ろ指を指されないような文句を言われないだけの力量を持つことが肝要である。納得のいく生き方をするには十分な覚悟がいる。

〔2016.4.26〕

私の仏教 ―― 怪我

イチロー５００盗塁達成、の新聞大見出し（2016.4.30 中日夕刊）。イチロー選手のことについては、事細かく言う必要はないかも知れないが、１９７３年10月生まれ、今年、42歳、名電高校野球部から、ドラフト4位で日本のプロ野球オリックスに入団して、７年連続首位打者、リーグ３度のＭＶＰ受賞、７年連続ベストナイン等、かずかずの記録を打ち立て、２０００年フリーエイジェントとしてシアトルマリナーズに移籍、01年にはアメリカンリーグ首位打者、盗塁王、新人王を獲得。以来、年間２００本安打達成、一々そのタイトルを上げきれないほどの活躍をしてきている。日本で、国民栄誉賞をと言う声にも、今は未だと言って断っている。この点、松井秀喜選手とは好対照。

私は、この選手の何がいいかと言えば、今度の５００盗塁達成にしても「特別の感慨はない。随分と時間が掛かってしまったという印象です」と言っているように、少しも気負ったところがない。松井選手が活躍していた頃には、マスコミも悪いと思うが、松井さんも質問に一々コメントしていて、それが却って鼻についた。イチローにはそういうところは全くなかったのも、私には好感を抱かせる。殆ど素っ気なかったというほどだ。それより何より彼が素晴らしいと思うのは、怪我で休んだとか、体調が悪くて休場した事がないということだ。生身の体、怪我や病気は付き物。まして、スポーツ選手にとっては「怪我」は最大の敵である。その敵から、身を守るのは普段の練習と細心の注意しかない。

日本から大リーグに憧れて行く選手は多い。鳴り物入りで行っても、それほどのこともなかったりすることもある。あの、日本で一年間無敗だったマー君（田中投手）も無事ではなかった。怪我で手術というニュースが多い。回復した選手はそれでもいいが、結局駄目になってしまうのもいる。そういうことを聞いていると何か日本と違うことがあるのではないかと思うが、実際、物理的にも条件が違うらしい。

その中でイチロー選手はこの十数年間怪我で欠場ということは聞かない。年齢が段々高くなるのは致し方ない。誰でも同じ事、なのに、この５００盗塁に対して、あの歳でという感嘆の声が選手の中で上がっている。徹底的な自己管理、自分をきちんと律していっている姿は、スポーツ選手の鑑であるだけでなく、人としての鑑である。

そういう中、賭博に手を染める選手や薬物まみれの選手のことを聞くと、ほんとに、イチロー選手の爪の垢を煎じて飲めばいいと思う。

〔2016.4.30〕

私の仏教 ―― 自動化

この頃、手紙の宛名書きもワープロの物が多くなり、手書きの物は少なくなりました。私自身、最近は、文を書くにしても、二、三行ならともかく、少し纏まった物になると、手書きは出来なくなってしまいました。ワープロ初期、もう三十数年も前になりますが、手書きしてそれをワープロで清書していたのを思うと正に今昔の感です。今も、手紙の全文を手書きで下さる方がありますが、真似も出来ません。署名だけ、手書きの方もあります。私は、この頃、署名までコンピュータに任せてしまっています。ただ、宛名は、全て手書きしています。一度、かなり大量だったので、タックシールなる物を使って宛名印刷をして発送したことがありますが、ひどいことになりました。随分の数の物が返送されてしまいました。住所変更が多いのです。変更通知を貰っても、訂正してなかったり、第一、変更の通知も貰ってなかったりしているからでした。そういうことがあって以来、楽をすることを考えるとあとでひどい目に会うことを知りました。確かに、数百通の宛名も、手書きでは何日もかかるのに、ものの数分で印刷できます。尤も、この頃、根気が続きませんから、そんなに掛かるのかも知れませんが。

それで、最近は、年賀状にしろ、雑誌の郵送にしろ、幾ら多数の場合も、全部手書きしてます。そうすると、色んな事に気がつきます。あっ、確か、転居の通知を貰ってあったな、とか、住居表示が変わったはずだとか、定年退職して引っ越したはずだとか、いろいろあります。それで、調べ出すと時間が掛かります。留学生の場合は特に要注意。転居が趣味のような人も居ます。ちゃんと通知をくれるのはわずかです。教員になった人も、勤務先しか書いてないのもあるし、確か、転職すると言っていたが、新しい職場はどこかなど、思い出せるのと出せないのとがあったりします。本人に連絡できないときは、その友人や、前の職場などに聞いてみるのですが、最近はなかなか「個人情報」だと言って、住所や電話番号は教えて貰えません。こういうことが数百通の中にはかなりあり、タックシールに印刷してしまえば全部元のままなので、返送されるわけです。

それにしても、中々厄介だし、手書きをすれば、自分で書いた字が如何にもへたくそで見苦しい。自動的にやってくれるのは有り難いけれども、すり抜けてしまうことも多い。そんなことは気にせずにいられればいいのですが、なかなかそうもいかないので、何時も、自動化に抗して宛名書きに悪戦苦闘しているわけであります。

〔2016.7.13〕

私の仏教 ── 医者いかず

植物のアロエは医者いらずという方が通りがいいほどです。一寸調べてみると、りんご・大根おろし・梅干し・ビワ・味噌・柿・アボカド・緑茶・卵・納豆などがそう呼ばれている食品達です。食品ではありませんが温泉がそう呼ばれることもありますし、「腹八分目医者いらず」と言われているのはよく知られていることです。「日々歩けば医者いらず」なども言われるそうです。それぞれ成る程と思われます。いろいろの果物の旬の時節には、それが医者いらずなどと言われます。それだけ、旬の食べ物には栄養素があるということでしょう。

食べ物のことは大事ですが、今、こういう物のことを書こうというのではありません。私自身のことです。こんな事を言うと自慢と取られそうでありますが、そういうつもりではありません。「医者いらず」と言うより「医者行かず」です。

私は今年になって、今まで、歯の定期健診で歯医者さんに行った以外、全くお医者さんに掛かっていません。健康だからお医者さんに掛からずに済むのではなく、むしろ、お医者さんに行かないから健康でおれると思うのです。こんな事を言うと、お医者さんはきっと気を悪くされるでしょうが、物の道理をよく弁えたお医者さんなら、分かっていただけると思います。

お医者さんに行けば、大抵は薬が処方されるでしょう。大抵の方は、お医者さんに処方された薬は呑まなければいけないと思うでしょう。ただ、分かっていると思いますが、基本的に薬は毒です。そうではないというなら、貰った薬、全部一気に呑んでご覧なさい。大変なことになるでしょう。食べ物なら、お腹いっぱいになるかも知れませんが、体に障るほどのことはないと思います。

お医者さんに行かないということは、薬を呑まないということです。私もいわゆるサプリと言われる物は数種類呑んでいます。薬みたいに見えても薬ではありません。偶々健康管理士という方と話をすることがありましたが、それらのサプリが本当に必要な物かどうか、検診を受けてみたら、と言うので退職後受けていなかった健康診断を今度受けてみようと思っています。

私は、去年一時血圧が高いことがあり、血圧の薬を処方されました。一ヶ月呑みましたが、何ということもありません。弱い薬なのだそうですが。それを又処方されたので、以後一切呑まずに放置してあります。余っても人にあげるわけにも行きませんので。

これを言うと大抵の人は一寸びっくりします。血圧の薬は呑み始めたらずっと呑まなければいけないと言われ、そう思っているからです。でもどうもありません。私が唯一信頼しているお医者さんは、高いときは仕方がない、呑めばいいが、正常に戻れば止めよと、私は、これを信じています。

〔2016.9.21〕

私の仏教――何のために生まれたの

津軽三味線を演奏される静岡県の坊さんの法話を聞いていた子供の質問。子供は実に色々のことを質問します。その中に「何で人間は生まれてきたの」というのがありました。子供の質問には、咄嗟に簡潔に答えなければいけないというその坊さんの日頃の信念から、その時「人は他の人に尽くすために生まれてきたんだよ」と答えられたところ、子供は「フーン」と言って一応は納得しましたが、答えた本人が、十分納得出来ず、その人の課題になりました。色々経めぐった結果、人間は「幸せに成るために生まれてきた」ということに行き着いたといいます。

一方、仏教では、人生は苦であると言います。生まれてきた目的というのとは違いますが、それはさておき、「幸せになるため」ということとどういう関係になるだろうかと考えさせられました。ここで言う「人生は苦である」というのは「楽」に対して「苦」というのではなく、「思い通りにならない」ということであると言います。それなら、「楽しい人生もあるのに」という反論にも対応できます。

さてここで、思い通りにならないということと、幸せになるということを照らし合わせてみましょう。難問のようですが、私はこんな風に思いました。思い通りにならないことを思い通りにしようとすれば大変ですが、以前道化者の東京ポンタが言っていたように「人生色々あらーね」という思い、自分の思い通りにならないことを「あっそうか」と思って、それを面白がり、楽しめば、人生は豊かになり、結果的に幸せになれるのではないかと思えるようになりました。

若い頃、世の中の色々なことを知らず、これはこうあらねばならぬなどと考えていたときには思いも寄らないことです。純粋に生きようとする人から見れば堕落に見えるかも知れません。しかし、それも全て許容することによって、思い通りにならない、苦の世界が「幸せの世界」に変貌するのではないかと思い至りました。

どうか、皆様も年の初めに、どうしたら幸せになれるか、それぞれの立場でお考えいただけたらと思います。

〔2016.10.30〕

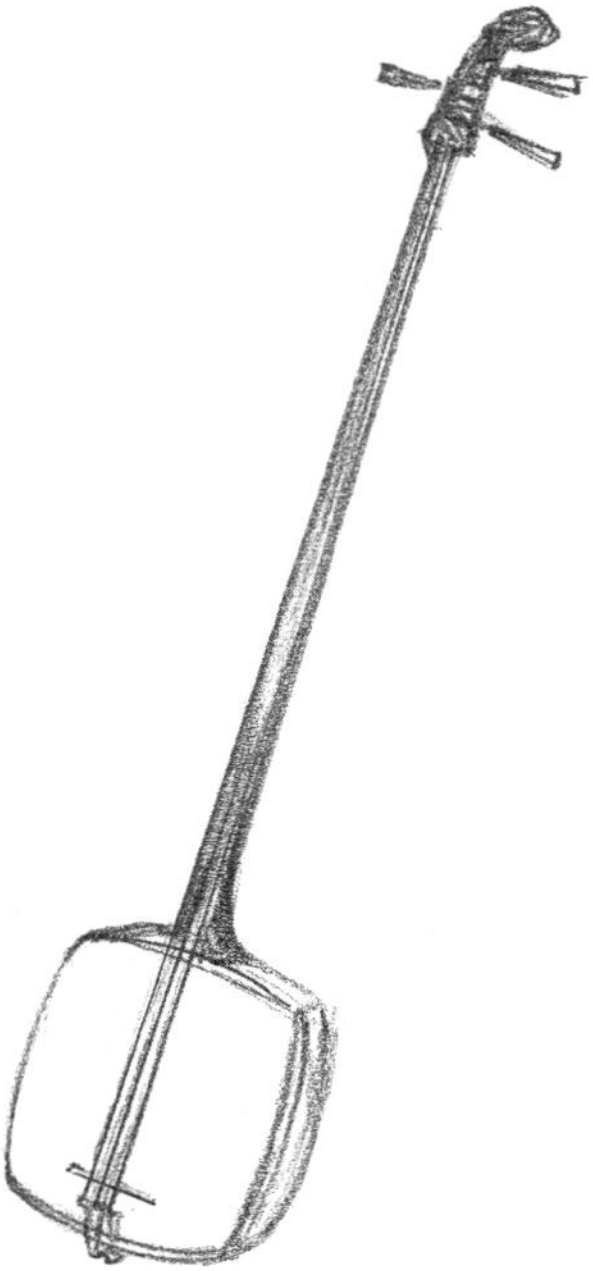

私の仏教 ―― 高齢ドライバー

私も後期高齢者の仲間入りをして一年経ちました。車の免許を持っていて、今も、その書き換えのための講習も受けます。もう二回受けました。ただ、実際には運転はしません。車も持っていますが、子供がもっぱら使っており、自分で使いたいときと子供の使いたいときがちあったら嫌だなと思い、一切使わないことに決め、どうしてもという時はタクシーにすることにしています。本当は、免許を返上すればいいのですが、持っていれば何かと便利なので、手放せずにいます。それに、割合交通便利なところに住んでいるので、殆ど支障を感じません。

車しか交通手段のないところでは、高齢者であろうと、車は活動のための必需品でしょう。公共交通機関の便が殆ど無いところでは、車がなければ行動範囲が小さく限定されてしまいます。そういうところの高齢者には気をつけて乗っていただくほかありませんが、今回、横浜市で幅の狭い道路で、バスが停車しているところで待っていた車に衝突したのは八十七歳のドライバー（2016.10.28）、そのために、前途有為な小学一年生が亡くなってしまいました。昼の時間なのに何をしていたのでしょう、ブレーキを掛けた跡もないというのです。横浜市と言えば、過疎地ではありません。こんなお年寄りが車を運転する必要はさほどあるとは思えません。自分の衰えは分かるはずです、よしんば本人は自覚していないとしても家族には分かるはずです。

ただ、若くても油断は出来ません。この横浜の事故の二日前、愛知県の一宮市でも、横断歩道を渡っていた小学四年生の児童が、ポケモンゴウを運転中にしていた三十六歳の建設会社社員の車にひかれて亡くなりました。ルールを守っていた子供が、ルールを守らない大人に殺されてしまったのです。本人と家族の無念は晴らしようがありません。

最近、七十歳を過ぎた方の運転する車に乗せてもらう機会がありました。私よりは若いのですが、何とも反応が鈍いのです。信号も平気で無視しますし、青信号になっても、中々発進しません。前の車に追突するのでは、と心配することも再々でした。皆が皆こうだとは思いませんが、是非、自覚して、自分のことも、人のことも考えて運転して欲しいし、必要でなければ運転は止めて欲しいと思います。

〔2016.10.30〕

私の仏教――重ねて聞け

「正法眼蔵随聞記」に「学道の人、参師問法の時、よくよく窮めて聞き、重ねて聞きて決定すべし。問ふべきを問はず、言ふべきを言はずして過ぐしなば、我が損なるべし」という文章があります。

法を求める者の態度を示された文章ですが、それに限りません。あらゆる事に通用することです。求める心が強ければそんなことを言われなくても分かるまで追求して聞くでしょう。私は、以前、「傾聴」ということについて話をするついでに、今世情で取りざたされる癒しのためにその人の話を聞くという狭義の「傾聴」にちょっとはずれることですが、学生・生徒の受業（授業ではありません）態度について触れたことがあります。正に、この「聞く」ということこそが勉強の中心的・基本的ことがらであります。とにかく授業中は教師の言うことをよく聞き、分からないことがあれば、徹底的に質問して聞いて納得すべきなのです。しかし、本当はどうでしょうか。話を聞いていなかったり、よそ事をしているのは言語道断、聞いても分からないことをそのままにしていて、段々分からなくなっていくということが多いのではないでしょうか。勿論、教師の方にも問題なしとはしません。質問を受け付けないのは論外ですが、分かりやすく説明できない人も多いようです。井上ひさしさんは、「難しいことをやさしく、やさしいことを深く、深いことを面白く」と言っています。

物のよく分かった人はこれができるのですが、付け焼き刃の知識で話をするようなときは、突っ込まれたらアウトです。学会発表や学術論文でも、難しげな言葉を好む人が居ますが、ご本人が果たして分かっていらっしゃるかどうか。

上記の引用文に続いて、「師は必ず弟子の問うを待ちて発言するなり。心得たる事をも幾たびも問うて決定すべきなり。師も弟子によくよく心得たるかと問うて言い聞かすべきなり」とあります。誠に行き届いたお諭しだと思います。

早合点はいけません。それに、聞く用意のない人に言ってもほとんど何も成らないことが普通です。それでも、師匠たる者、人を導く立場にある者は、口を酸っぱくしてでも同じ事を言わなければならないこともあります。そうすると、聞いてないようでもいつかは耳に焼き付き、そして、受け容れられるということも無いわけではありません。これは、場合場合によることであり、指導者の資質と教えを受ける側の人の相性といったことにかかわってくることだと思います。

ですから、右に引いた「問うを待ちて発言する」というのは指導の一つのあり方で、最も、効果的な方法だと思います。

〔2016.11.4〕

私の仏教 ―― 参拝研修

永平寺祖山会から発行されている『傘松』には、定期的に高校生の参拝研修の感想文が掲載される。以前は確か「参禅研修」と言っていたように思うが、今回は参拝研修に変わっていた。内容が変わったわけではなかろう。生徒達の表現が変わっただけか、意識が変わったのか、考えてみれば少なからぬ違いがあるように思う。

それはともかくとして、いつも生徒達のみずみずしさを感じ、好感が持てる。ただ、かなり修正されたのではないかと思えるのもあり、初々しさにみちているのもある。ただ、一様に初め感じていた不安、想像通りの辛さ、終わった後の安堵と達成感が見られ、その得難い経験を大事にしようとする姿勢に共感すると同時に、一時的な高揚だけでなく、その気持ちを持ち続けて欲しいという気が起こる。

そういう文章や、雲水諸氏の傘松随筆など読んでいつも思うことがある。そう思う自分が間違っているのか、世の中の生活が変わったからなのか、違和感とまでは行かないが、不思議な思いは払拭できない。一体どういう気持ちか、今までに、表明した覚えはあまりないが、こういう感慨である。

特に雲水諸氏の中には、永平寺上山の前には何も知らなかった人が割合に居る。私にとっては論外のような気はするが、それが現実だから、仕方あるまい。在家で育った人だけでなく、寺に育った人でも、殆ど何も寺の手伝いをしてこなかったという人もかなり居るようだ。口をそろえて上山以後の生活自体が大変だという。古参和尚に叱られたり、同安居に迷惑を掛けたりする。そうかも知れない。よく、そんな状態で上山するつもりになったと驚きさえする。両親、師匠、檀信徒の方々もよく送りだしたものだと感心する。でもその辛さ、ひもじさ、耐え難さに耐えて頑張っている雲水さんにはお世辞でなく拍手を送りたい。

私自身、当時の宗制によって本山に安居せずにいわゆる特殊安居で所要の条件を満たした。それでも、同級生達には上山した者もいるが、当時、主体性に欠けていた私は、師匠の言うとおりにした。中学、高校の6年間、毎夏、かなりの期間、日泰寺僧堂を中心に本山や祖院などで安居生活に準ずる生活をした経験がある。

私の父は若い頃は厳しく、小学校に上がる以前から私と兄に対しては厳しく、朝早く起こされ、朝課か台所仕事は欠かさなかった。僧堂ではなかったが、当時何人かの若い坊さん達（納所《なっしょ》と呼んでいた）が修行生活をしていたのだが、そういう人達に混じって同じ事をさせられ、板の間に飯台を広げ、応量器《おうりょうき》に似せて食器を整えて、展鉢《てんぱつ》のまねごともしていた。朝課は一日おき、朝課に出ない日は台所の手伝いだった。私は、どういう訳か「典座和尚」などと呼ばれていた。本堂などの掃除は辛かった。いつの間にか納所さん達は居なくなり、兄と二人だけになった。弟たちは未だ小さく一緒には出来なかった。

小学校6年の時、今の寺の養子となったが、生活は変わらなかった。これが当たり前だと思っていた。師匠の子供の頃はもっと厳しかったという話しか聞かなかった。

こういう日常だったので、特殊安居の期間などは却って気楽だった。最初に勤めた東海学園女子短期大学では学生を連れて永平寺に一週間くらいの単位で参禅した。皆さんに大変でしょうと言われたけれども、自坊にいるときより余程楽をさせて貰い、楽しくさえあった。決まったことさえキチンとしておけばよく、自坊にいるときのいわゆる雑用に当たるようなことはなかったからだ。

まだ、色々なことを言わなければならないけれども、まずはこんな小僧生活を送ったお陰で、その後は大変楽をさせて貰ったような気がする。厳しかった父親と師匠に感謝である。

〔2016.11.16〕

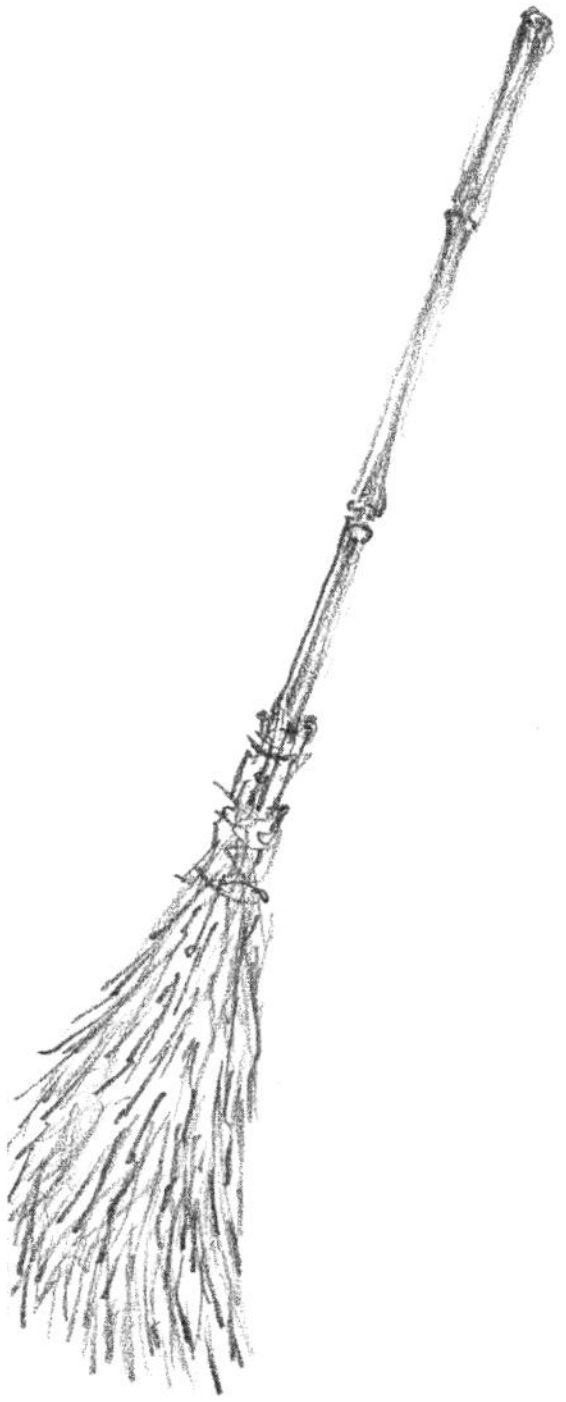

私の仏教 ―― 地蔵見学

このごろ、お地蔵さんの賽銭が盗まれることはなくなった。以前は、頻繁に盗まれたものだ。賽銭を盗まれるだけならともかく、賽銭箱を無理矢理こじ開けるので壊されてしまうのが悩みの種だった。世の中がよくなったのかどうかは知らないが、ともかく賽銭泥が無くなったのは有り難い。

つい先日、わざわざチャイムを鳴らして呼び出しがあった。何かと思ったら、明日、大勢の人がお地蔵さんのお参りに来るのを案内するという人だった。それで、是非、ここで少し話をしてくれというのだった。十一月というのに、風が強く寒い日で、それだけ喋っていただけですっかり冷えてしまったので、コートを着て続きを聞いた。どういう団体か、聞いたけれども覚えていない。翌日、何とか時間を工面して待っていた。かなり大勢の立派な人達だった。愚痴聞き地蔵尊にお参りに来たということだった。貪瞋痴の三毒の話、お祀りした経緯などを手短に話した。

それはそれとして、お参りに来たとは書いたが、その実、ただ見に来ただけのようだった。50人ちかくの人達だったけれども、気が付けば誰一人として、手を合わせてお参りする風でもなく、まして、賽銭を入れる人は皆無だったように思う。「地蔵見学」とした所以である。

このお地蔵様をお祀りして二十年になる。その間に、ラジオ、テレビ、新聞などの取材がかなりあり、我が中村区の観光スポットとして、区のホームページにも載っている。その関係で、門は昼の内はいつも開けてあるし、家内などいつも心がけて花を絶やさないようにしている。中には、お地蔵様の水受けに綺麗な水を注いで下さる人もいる。以前には前掛けなど作って替えて下さる方も居た。

お参りされている方をいつも見ているわけではないから、偶々外出するとき、帰ってきたときにお目に掛かるだけである。だから一切どういう方々がそうして下さったのかは知らない。実に色々な方が、我が「名駅島崎地蔵尊」を見学したり、お参りしたりして下さるのは、有りがたいことだと思っている。願わくは、お参りして心に功徳を得ていただきたいものと思う。

〔2016.11.25〕

私の仏教 —— 簡略葬儀

11月下旬になりました。そろそろ、色々の方から喪中の知らせが届きます。友達のお母上は１０２歳で亡くなったとありました。90歳を超えた方々の訃が多くを占めます。時に70歳代の方の訃報などを見ると自分に引き合わせて考えてしまいますが、この頃はとにかく皆さんご長命で何よりです。ただ、その中には、長年生きてこられてもご本人の希望だからとか言って、一切葬儀に類したことはしなかったとか、簡素なというより、いい加減な葬送だけで済ませられる方があります。この頃の葬儀は、隣近所にも知らせず、所謂家族葬と称してごくごく内輪にすまされる方が割合多いようです。

亡くなったご本人は皆さんに迷惑を掛けたくないという気持ちがあり、家族にはそう言われるのかも知れません。しかし、私は、それを真に受けるご家族には一寸賛成できません。この世に長くいらっしゃって色々なことをなさってこられた方です。もう、それを知っている人も少なくなってしまって淋しいかも知れませんが、やはりこの世に生きたあかしを残して差し上げたいと思います。他人にはともかく、せめて子や孫、ひ孫にはこんな生涯を過ごしてこられ、こんな仕事を残してこられたということを知らせてあげたいものです。私の寺は檀家さんはごく僅かですので、私が葬儀をして差し上げる方はわずかですが、秉炬《ひんこ》法語[注]の中にその人のひととなり、業績などをキチンと伝えるようにしております。僅かな檀家さんだから出来るのかも知れませんが、最近は葬儀場によっては亡くなった方の生涯を皆さんに分かるように絵や文字、写真或いは現物で展示するようなこともあり、改めて弔辞など無くても、どのように生きてこられたかが髣髴とされるような試みもあり、私どもも或る意味癒やされることがあります。

　喪中状を下さる方の中には、故人の遺志だから葬儀もしなかったなどというのが時にありますが、私は、このような思いから、それは考え違いだということをお節介ながら伝えたりします。

　間違いでしょうか。色々な考え方があるとは思いますので、致し方ないのかも知れませんが、私はそう思っています。それに、葬儀は、亡くなった方を弔うと同時に、生きている人々の魂の浄化にもなるものと思います。

　喪中状に引かれて思わず余分な感慨を記しました。中に、若し、気を悪くされるような方がおありでしたら、私の気持ちを言っただけであり、そういう方には謝ります。

〔2016.11.26〕

注　葬儀の折、導師のとなえる引導法語のこと。遺体を焼くたいまつをとってすることから「乗炬法語」という。

私の仏教――廻天の力

愛語よく廻天の力ある事を学すべきなり。曹洞教会修証義第四章にある言葉、元々は正法眼蔵「菩提薩埵四攝法」にある言葉である。

愛語とは慈愛のこもった言葉、愛情のこもった言葉である。親子の情愛は人間でなくても実に涙ぐましい。親は自分の身を削り、危険を冒してまで子供の面倒を見る。人間は親子の間以外に対しても慈悲の気持ち、愛の気持ちを持つことが出来る。他の動物にもあるがそれは高等動物に限られるようだ。象などがその子象たちに対するいたわりの気持ちは、表情には何も表さないだけに感動を覚える。

廻天の力という言葉は辞書には「（天を引き回す意味から）時勢を一変する力」などと出ている。最も具体的にこれを解説してくれるのが、正法眼蔵のその箇所の、西尾実氏による解説である。この天は「天子」のことで、「天子の心を動かす力」とする。その方がよく分かる。天子の心を動かすのも愛語なのである。天子といえば今は政治家のことになる。

そう思って現下の世界の様子を見ると決定的に愛語に欠けている。北朝鮮政府の発表などはその最たるものだろう。あらゆる相手にくってかかっている。やがてその言葉は自らに跳ね返ってくるものである。憎しみの言葉はお互いの憎しみを増幅させるだけだろう。

イラクにおけるいろいろの情況を見るにつけても、互いに愛語に欠けているように思われる。イスラエルとイスラム教シーア派のヒズボラとの戦いも例外ではない。宗教指導者の相手を殲滅《せんめつ》させるまで戦う式の言葉にはとても同調できない。宗教家の最も避けるべき言葉ではないか。ただ、この憎しみには長い歴史があり、部外者があれこれ言えることではないのかも知れない。しかし、利害関係のない部外者だから見えていることもある。お互い人間である。もっと賢く、理性的になれるはずである。いつまでも過去に拘っていては未来は開けてこない。

話は変わるが、過去には中東に於ける過去のイスラエルの空爆、ヒズボラのロケット攻撃による互いの損害は計り知れない物だったし、今日のイラク・シリアにおける内戦、特に、ＩＳとそれに対抗する勢力、政府軍と反政府軍三つどもえ或いは関係不明の闘いは多くの市民を難民化した。アメリカ、ロシアは反目している。国連安保理も無力。国際社会は切歯扼腕《せっしゃくわん》して見ている。北朝鮮が、中国の説得も受け入れないように、イスラエルもシリアもイラクもそうなのだろうか。でも、アメリカやロシアの指導者が全世界に、特に、イスラム世界に対して愛語を以て接してほしい。

〔2017.1.20〕

私の仏教 —— 喪中状

年末にかけていろんな方々から「喪中につき年末年始のご挨拶遠慮させていただきます」式の喪中の知らせを受け取る。誰それが何月何日何歳で、これこれこういう風に亡くなったと、かなり詳しい物から、一体、何の喪中か分からない物まで各種各様である。最近頂くものの中には、ここ数年同じような傾向であるけれども、かなりのご高齢で亡くなった方の知らせが多い。言っては失礼だが、「まあ、天寿を全うされたな」と思える場合は「そうか、仕方ないな、遅かれ早かれ一度は別れがあることは決まっているのだ」と納得もする。しかし、奥さんを亡くしたとか、ご主人を亡くしたとかいうのを見ると切なくなる。親が亡くなったのは順番で仕方ないとは言うものの、当事者にとっては、何歳になっていようと淋しいことに変わりはない。まして、若死にの場合は、色々な思いをする。教え子やその連れ合いの訃を聞くのは辛い。

私自身もこのほぼ二十年の間、正確には平成七年から二十五年の間に、実母と養父母、岳父母、私の子供三人を亡くした。当時、何をどうしたかはもう殆ど覚えていないが、その度にかなり辛い思いをして、その喪中状を出した。私は、自分から年賀状を出すことは遠慮したけれども、頂いた賀状に対しては、「寒中見舞い」の形で返信した。

そういう事もあり、また主義として私は頂いた喪中状には一々返信する。どんなに歳をとっていても、近親者の喪失感は覆いがたい。一緒に住んでいた場合など一層だし、遠くの場合も肉親の情は癒やしがたいものがある。この頃、百歳を超える方も稀ではない。それでもその喪失感は他人には図りきれないものがあると思う。新聞記事に依れば、２０３０年には、百歳以上の人が10万人を超え、更にその10年後には30万人を超え、若年層が、高齢者を支えきれない畏れがあるという。これは、別問題であるが、自分の年齢もあり、今後親しい人の亡くなることを聞く機会は、生きている限りはもっと多くなるのだろうと思うと、今のうちに早く成すべき事をきちんとしておこうと覚悟する。しかし、実情は、今は寒いからもう少し暖かくなってからとか、暑いときには熱中症になっても却って人に迷惑を掛けるからとか言っていて、中々手が付けられない。

話を戻す。人によっては、喪中状は単に形式的な物と片づける。確かにそういう形式だけの物もあるかも知れない。だから、それに返信などはしないという。

最近、電話やメールなどでの連絡が多くなり、手紙を書くことが少なくなっているという。総じて、此方から手紙を出しても何の返信もないことがかなり多い。喪中状に対してお悔やみ旁々便りをしたのにも、それに対する返信は僅かだった。香典を添えたのに対しても物を送ってくるだけで、一言の挨拶もないのも複数あった。とにかく、文章で自分の相手に対する気持ちを表すことに億劫さを感じるのだろうと思う。だから、返信があると嬉しい気分になる。

何にせよ、心を込めた手紙を書こう。喪中状に関して、こんな結論になってしまった。〔2017.1.20〕

不可逆的解決

韓国のいわゆる従軍慰安婦問題、一昨年年末に日韓両政府の間でこの問題に関して最終的且つ不可逆的解決について協定が結ばれた。

その後の韓国内での動きはよく知らないが、反対の人達が多いことは聞く。何でも反対、日本に反感を持っているとしか言いようがない。そういう事件もよく起こる。民主主義国家、法治国家とは思えないようなことが、日本に対しては起こっている。

この従軍慰安婦問題に就いて、私は個人的には殆ど無意味な事で、例の朝日新聞の反日記者のでっち上げだと理解している。慰安婦自体確かに居たに違いないが、職業的な人達で、強制連行などなかったと慰安婦の地元の人達さえそう言っている。彼女たちは当時いい生活していたとも言っている。こんな意見は韓国では通用しない。歴史を直視しろと言っている人達なのだけれども。真実も彼らの都合のいいことしか真実にならない。

しかし、ともかく、何回もこの問題を蒸し返さないために、双方が最終的、且つ不可逆的解決と一致したのである。

中日新聞（2017.1.29）の「視座」にソウル大国際大学院教授の朴チョルヒさん、一応この合意を評価しながらもこんな事をいっている。「韓国国内では最初から『不可逆的解決』という文言は国民のプライドを傷付けるという不満があった」と。考えてみればそうかも知れないが、そんな文言を入れてまで合意に達したのは過去の行いが反映しているからだと考えられる。だからこそ、プライドを傷つけられると思うのであるが、そんなプライドがあるなら、むしろ、過去の取り決めを無視するようなことをしなければいいのだと思わないのだろうか。そういうことがあったからこその最終的で、且つ不可逆的な解決なのだ。

我々はそれで今度は大丈夫と一安心したのだけれども、どうもそうでもないらしい。約束、国と国との約束を守ることは、個人間の約束を守ることと同様、或いはそれ以上に、大切なことだと私は思う。韓国ではそうではないのだろうか。そんなことはなかろう。要するに両国の間に信頼関係がないからだ。一時、日韓は大変友好的な関係に成りつつあった。それを嫌うためか、いわゆる領土問題を持ちだして韓国人の愛国心を鼓舞し、日本に対する敵愾心《てきがいしん》を煽って、選挙を有利に導こうなどと考えた浅はかな政治家が何もかもぶちこわした。残念なことだ。

〔2017.1.31〕

言い換えればいいというものでは

戦闘を武力衝突と言い換えて何がどうだというのだろうか。

現在、自衛隊が、ＰＫＯ活動のために、南スーダンに派遣されている。基本的に自衛隊は憲法上の制約から戦闘活動には参加できないから、戦闘の行われていない地域にしか派遣されないことになっている。ところが、南スーダンでは状況が、よくは知らないが、相当緊迫しているようである。自衛隊の日報に自衛隊の近くで戦闘行為があったと書かれていたらしい。ところが、情報公開法でこれを開示するよう求められた防衛省はその日報は既に廃棄したので開示できないと言っていた。それが又一転存在していたことを認めた。新聞には黒塗りの日報が出ていた。

国会で追及された稲田防衛大臣は「武力衝突はあった」と言い、飽くまでも憲法上の制約を意識してそれは「戦闘」に当たらないといった答弁をしていた。もう、防衛省は昔の「大本営」になってしまった。「敗退」を「転進」と言いくるめるような。誰が信用するだろうか。

別の話であるが、最近、小中高生といった若い将来有意な人が自殺に追い込まれることが多い。そういうニュースを聞くといたたまれない気持ちになる。つい最近、一宮の市立中学の生徒が、大阪で飛び降り自殺をした。体育祭で怪我をして、受験生なのにその受験勉強がしにくくなっていたことも自殺の一因であるように言われているが、元にさかのぼれば担任の「いじめ」に起因するらしい。一旦、校長はそう認めた。ところが一転、いじめではなくて、単に不適切な指導だったと前言を翻し、遺族の気持ちを慮ってそう言っただけだと開き直った。

「いじめ」を「不適切な指導」と言い換えても、実態は変わらない。正に、教師のいじめは「不適切な指導」そのものだから。今後第三者委員会で真相が究明されようが、幾ら真相が分かったところで死んだ子供は戻らない。何かあると再発防止に努めるといいながら場所を変えて次々に起こっている。本当に、この種の痛ましい出来事の根絶を冀《こいねが》うものである。

〔2017.2.17〕

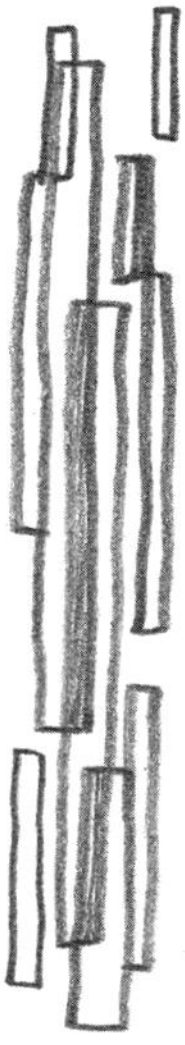

私の仏教――棄てる経済

先年１００歳を超えて亡くなった藤本幸邦さんが「曹洞宗信者の人生観」（平成13年9月　円福寺出版部）というブックレットで、「布施」について語る中で「今の日本人がやっている棄てる経済が絶対に納得できないのです」という一句があった。私もかねがねそう思っていたので、思わずそうだそうだと相づちを打ちたい気持ちになった。

元々、戦前生まれの私たちは、戦後の物不足の中で育った。そのため、物を捨てることが今も出来ない。人々を困らせているゴミ屋敷ほどではないけれども、そして、ゴミ屋敷の住人の気持ちは何とも理解に苦しむけれども、容易に物を捨てるということが出来ない。いずれ使う機会もあろうかと取っておく。それを使うことは滅多にない。かくして、どんどん物が溜まる。だから、人に物を貰っても、食べて無くなる物や、線香や蠟燭のような物とか、時が経てば捨てられるような物ならともかく、形として残る物は嬉しくない。人に差し上げるにも同じ事を考える。

今、若い方々は、旺盛に色々な物をほしがる。必要があるから、手に入れようとしているのだろうが、それを見るとむしろ羨ましいくらいである。

話が少しずれたが、今の世の中、どんどん物を消費しなければいけないらしい。節約志向は経済にマイナスだという。本当に節約はいけないのか。どんどん物を消費しなければいけないのか。経済学者の言うことを聞いても本当のところはよく分からない。限りある資源をどんどん使ってしまってもいいのか。

聞くところに依ると、今世の中を支配している「経済学」なる物が間違っているために、世界中の人が悩んでいるし、過去の色々の不都合なことも、経済学の間違いに起因しているという。この、真偽も私にはよく分からない。

確かに、再生可能なエネルギーのような物は、資源を浪費することはない。上手くやれば食糧の増産も、消費以上に出来るらしい。それなら、地球上に飢餓に苦しむ人が無くなっていいと思うが、一向その気配はない。むしろ、戦争などの要因に依ることが大きいが、食べるに困っている人は随分居る。そういう人達は、最低限の必要物資にも事欠く。それを思うと、今我々がどんどん物を使い捨てにすること、食べ物でも食べ残しが食べる量と同じほどだというのは我慢できない。賞味期限、消費期限切れなどがどんどん物を捨てることに繋がっている。

本当に棄てる経済は正しいのだろうか。本物の経済に明るい人からの親切なご教示をお願いしたい。

〔2017.3.2〕

盗っ人猛々しい

これはこういう事を言うのだ。新聞を見て呆れ、この言葉が脳裏にありありと浮かんだ。中日新聞２０１７年3月17日朝刊、オランダで極右が予想に反して伸び悩んだとか、トランプ大統領の大統領令が、再びハワイの連邦地裁で、全米に即時執行停止を決定したというような事件に混じって小さく「正男氏殺害は『米韓の陰謀』」と北朝鮮公使が非難したという記事があった。見てあきれ、この「盗っ人猛々しい」という言葉が正に当てはまる事例だと思った。

もう一ヶ月前になるが、マレーシアのクアラルンプール国際空港で金正男氏が殺害された。北朝鮮大使館は、これは「金チョル」と言う人物であり、心臓発作で死んだのだと言い張った。首謀者４人は直ぐに国外逃亡、北朝鮮に逃げ帰ったという。その他、北朝鮮関係の何人かが指名手配されたが、大使館に逃げ込み隠れている。大使は「好ましからざる人物ペルソナ　ノン　グラータ」として国外追放された。北朝鮮大使館はこれまで一切関与していない、マレーシア警察の捜査はデタラメででっち上げだと口を極めて罵っていた。我々、局外者から見れば、事情は報道でしか分からないが「よく言うよ」としてしか受け取れなかった。

それを、中国駐在の朴明浩北朝鮮公使は「われわれ（北朝鮮）の制度転覆を狙った米国と南朝鮮（韓国）当局による政治的陰謀だ」と非難したと、報道されている。さらに「事件の被害者は朝鮮とマレーシア。（事件によって）得するのは敵達（米国と韓国）だけ」と主張したそうだ。本当に心臓発作で死んだのであり、金正男氏でないのなら、どうしてそんなに騒ぐ必要があるのだろう。

そう言えば、マレーシアを追い出された北朝鮮の大使は未だ中国にいる。帰れないのか、中国で何かを画策しているのか。

とにかく、こういう北朝鮮の言いふらすことを世界中のどういう人達が信用するのだろう。

〔2017.3.17〕

私の仏教――「キョウイク」と「キョウヨウ」

こんな話を聞いた。なるほど上手いことを言うなと思った。こういう事だ。

老人には「キョウイク」と「キョウヨウ」が必要だと。これだけなら、老人に限ったことではない、と思っていたら、「キョウイク」とは「今日行く」ところが無いといけないということで、「キョウヨウ」とは「今日、用」事が無いといけないということだそうだ。上手く教育、教養に引っかけたものである。

老人は家に閉じこもってはいけないのである。そして、これは女性よりも男性の老人に切実なように思う。女性は何と言っても男性よりは身体自体丈夫に出来ているように思う。それに、家庭にあっては、或いは独り者でも、女性にはやることがいっぱいある。男性にだって有るのだけれども大抵はやらずにいることが多い。

定年退職後、一年も経たない内に具合が悪くなる人が多いと聞く。もう、毎朝出て行かなくていい、ゆっくり出来るとヒマを満喫するのだけれどもそれに飽きて、別の活動を始める人はいい、しかし、何もやることが見つからず、食べては寝、寝ては食べ、ごろっと成ってテレビの番。こんな風になったら後はお定まりのコース。ぼける人も居ようし、生活不活発病という厄介な病気に罹る。これを防ぐには、退職前からの心がけが必要である。会社勤めの内は仕事関係で色々付き合いもあろうが、退職した途端に仕事関係は遮断されてしまう。それ以外の交友関係が絶対に必要である。大家族なら未だ何とかなるが、核家族、夫婦二人きりとなると、家庭内でそうそう話しもない。勢いテレビということになってしまう。

最近、私の通っているトレーニングジムで、中高年の利用者が増えている。私自身五年前から通っているが、若い人に混じって、高齢者も割合多い。ただ、直ぐ顔を出さなくなるというケースが多い。行き始めたころから、ずっと続いている人もいる。しかし、数は少ない。殆ど運動もせずおしゃべりに励んでいる人もある。これは女性に圧倒的に多い。自転車をこぎながらゲームに夢中の人もいる。足は殆ど止まっている。風呂に入りに来るだけの人もいる。それでも、家にじっとしているよりは余程いいと思う。

今日は何処に行く、何をしなければならない、といった何か自分をせき立てることが無ければいけないのである。

〔2017.3.20〕

締め切り

完全退職後は、自分のこれからやろうとすることなど幾らも仕事はあるのだけれども、いついつまでに何をしなければならないということが無くなった。言わば「締め切り」ということが無くなった。これで気分的に実に楽になった。それで、これはいいことか、と言えば一概には言い切れない。いい面は勿論あるが、困ったこと、良くないこともある。

ＮＨＫの「すっぴん」という番組で、金曜日の高橋源一郎さんが「締め切り本」という本を取り上げたのを再放送で聞いた。

以前にも、井上ひさしがなかなか原稿が間に合わない人だということを聞いていたが、上には上がある。手塚治虫も原稿取り記者泣かせだったという。手塚オソムシとか、手塚ウソムシなどと言うあだ名も付いていたという。彼が泊まろうとしたホテルでケンモホロロに断られたという。ほかのお客さんに迷惑が掛かるというわけで。

連載の一回分を「釈明文」で埋めた猛者も居たという。キリキリで頁を入れられず、頁無しで出した時もあるという。

私はそういう流行作家とは縁はないが、原稿が遅れて催促されるという経験はない。学術雑誌の編集に何年も携わって、何人かの人に原稿を催促したことはある。遅れるのは大抵決まった人達だった。中には催促されてから漸く書き始めるという強者も居た。長くやっているとそういう癖も分かるから、さばを読む。あとで、原稿を無理矢理むしり取られたお陰でその論文が採用の時役に立ったと礼を言われたこともあった。締め切りには悲喜こもごもの思いがまつわりつく。

最初に言ったように、今、締め切りのない生活をしている。そうすると気は楽だけれども、自分で立てた計画さえ危うくなる。退職時、喜寿には、研究論文集を出して自祝しようと思っていた。ところが、ほかにすることが出来て、論文集は手も付けられなかった。仕方なく雑文集を出してお茶を濁してしまった。

今、論文のための基礎資料を作っているが、いつまでにやらなければという時間的枠組みが無い。出来たらやるというかなりいい加減な進行なのでいつになったら出来るのかも分からない。以前は目標を立ててなどと人にも言っていたのが、そういう目標がないのでいつ出来るとも言えない状態、矢っ張り締め切りは必要なのである。

〔2017.3.25〕

去る者は日々に疎し

人情紙の如し。この頃、体力の衰えと共に実感している事である。在職中は、仕事であるから当然のことであるけれども、多くの学生に接してきた。未だに音信のある人もある。多くの外国人留学生にも接してきた。一々記録してないので、どのくらいの国から、どのくらいの学生がきて居たのか記憶は定かではない。ヨーロッパ、中近東、南米、南アジア、東南アジアなど、世界各国に亘るけれどもとりわけ、中国・韓国・インドネシア・マレーシア・ベトナムなど東南アジアの学生は多かった。

その内、未だ、音信があるのは、日本人は別として、台湾、インドネシア、ベトナムの留学生が殆ど。中国の留学生はその数も分からないほど多かったけれども、僅かに通信があるのは、ごく初期の私と年も近い研究生（彼は10年間下放されていたという）、ただ一人。後、学位を得た人達も一切、音信不通である。かつて、中国人留学生に、中国の諺に「水を飲むときは井戸を掘った人のことを考えて飲む」と言うのがあると聞いたが、どういう意味かと。そうしたら、彼が言うには「中国人は受けた恩を直ぐ忘れる、それを忘れないようにだ」と笑って教えてくれた。今、それを痛感する。自分が必要とするときには下にも置かない待遇だが、用が済めば、正に弊履を棄てるように、ツバも引っかけない。そんな人ばかりではないように思いたいが、実情は正にその通り。

〔2017.4.14〕

手のひらを返す

新聞にこんな漫画があった。みんなが手を挙げて一人の人を胴上げしている一方で、その胴上げしていた手を離して下に落としてしまっているという構図だ。胴上げされているのは小泉首相、落とされているのがライブドアのホリエモン。まさに、世間はそういう様子。今、ちやほやされている方も何時ひっくり返されるやら。政治漫画には面白いのがある。偽計・偽装・偽証に腹を立てていると、だいじょうぶ、たいじょうぶという人がいる。北朝鮮の金正日氏に似た人物が、「日本ばかりじゃないから安心をし」と慰めてくれるというブラックユーモア。

そう言えば、北朝鮮でドルの偽札を作っているということは公然の秘密みたいだ。それが、中国に持ち込まれ、マカオの銀行でマネーロンダリングをしているとか。それでアメリカが怒って、マカオの銀行との取引を停止した。今度はそれに北朝鮮が反発して六カ国協議が延期されるという。北朝鮮の言うことはメチャメチャ。こんなことが通るのだろうか。北朝鮮ではブランド品のタバコの偽物も作っているという。年間20億箱も製造でき、密輸ルートを通じて1億ドル以上の収益を得、合法的な年間輸出額の8%から16%に達するのだそうだ。漫画は、良くできている。

手のひらを返すとは、言わずと知れたことだが、念のために辞書によれば「ガラリと態度を変える」

事をいう。今までちやほやしてきたのに、見向きもしない、鼻も引っかけないと言うことだ。今の世の中そういうことがよくある。ホリエモンについて言えば、小泉首相曰く、あれは、ジャーナリズムが持ち上げたのだと。ご自分はそれに乗っただけというのだろうが、そう無責任なことばかり言っていていいのだろうか。そろそろ、末期症状なのだろうか。

どうぞ国民に手のひらを返されないように。

〔2013.3.10〕

こんな、旧稿が目に付いた。今、北朝鮮の金正恩委員長、一人だけぶくぶくに肥えていて重そうだけれども、周りの人達、皆、拍手をしている。その人達が一斉に金委員長を胴上げしたと思ったら、皆手を放した。地上に落下した委員長は事絶えた、こんな妄想がこの文を見て思い浮かんだ。

〔2017.4.14〕

なんてこった

先月、ベトナム国籍の小学校三年生の女児の遺体が、千葉県我孫子市の用水路脇で見つかった。女児の遺体はベトナムに搬送されて葬られたという報道があった。昨日、14日になって、容疑者が浮かび上がった。近所に住む男だった。そこまでは、恐らく、土地勘のある者の犯行だろうとは予想が付いていたが、容疑者として逮捕されたのが、その学校の保護者会の会長だったというのである。もう何とも言いようがない。呆れて「なんてこった」と言うほか無い。

新聞見出しも「見守り役が…なぜ」「対策『考えつかない』」「東海の市教委驚きと困惑」「保護者動揺『何を頼れと教えれば』」などとある。尤も至極だ。私などは、今もって、「何たることだ」としか言うことを考えつかない。

本当に、これから疑心暗鬼、人を見れば疑わなくてはならないなど、考えるだけで気が滅入る。それでなくても、幼稚園などで園児の遊ぶ様を見ているだけで不審者扱いもされかねない世の中。道を歩く可愛い子に声も掛けられない。嫌な世の中が到来した。それに輪を掛ける出来事だ。安全が売り物の日本、是非、それを体現できるようにしたいものだが、何も名案は浮かばない。一方では、踏切に入った年寄りを助けようとした少し若い人が共にはねられて亡くなったというような記事も有り、助かっていれば、世の中を少し明るくしたであろうに、一層暗くしてしまった。

〔2017.4.15〕

危うい文民統制

南スーダンにＰＫＯとして派遣された自衛隊の日報の問題、段々不気味な広がりを見せてきた。下手すると軍事部門の独走を許しかねない様相さえ見える。今のうちに徹底的に問題を洗い出して明らかにしておくことが肝要だ。

そんな大事なときにトップの防衛大臣、その鼎の軽重が問われるような問題に巻き込まれ、あたふたしている。野党の辞任要求に総理大臣も続投の意向、しかし、総理大臣自身今までスキャンダルも表面化することなく、対抗馬もないような一強のようだったが、俄然雲行きが怪しくなってきた。

これから、森友学園の理事長だった籠池氏の証人喚問が急遽決まって、近々行われるが、どんな爆弾が炸裂するか。籠池さんは、参議院予算委員会の出張調査の際、安倍さんから１００万円の寄付を貰っており、その資金が小学校建設の資金の一部だということを宣言した。これで今まで、参考人として招致することさえ断り通していた自民党も親分の名誉が傷つくのを避けようと急遽証人喚問を決めたのだが、果たして吉と出るか、凶と出るか。

新聞の政治漫画には「もりじごく」と、「ありじごく」をもじった漫画が出ている。稲田防衛大臣らしい女性が転げ落ち、もう一人、安倍首相夫人らしいのが落ちかけているのを安倍さんらしい人が手を貸して助けようとしている。そうなるんじゃないかという、気配が漂う。一方では、テレビで御用記者が訳の分からぬ議論を展開している。関心を持たざるを得ない。

話が逸れてしまったが、「戦闘行為があった」という記述のある自衛隊の日報を情報公開の請求があったときには既に破棄したと言って開示しなかったのであるが、実際にはあった。それを時日が経過してから実はあったと黒塗りの記事を公開した。然も、それはほかの所にあったという断り書き付きで。ところが、元々の陸上自衛隊にもちゃんとあった。それが分かったのは随分早い時期だったが、今更出せないと黙《だんま》りを決め込んだ。岡田俊哉陸上幕僚長にもその情報が上がっていたことは分かっているのに記者の質問にはコメントできないという返事、こんな事が許されるのだろうか。この映像を見て言い知れぬ危惧を感じたのは私だけだろうか。こんな虚偽が看過されるのだろうか。この時点で、この幕僚長は用済みではなかろうか。

防衛省の仕組みは知らないけれども、制服組がこんな事を平気で言っているのを背広組が押さえることが出来ないのだろうか。

早く、この問題から危ないところをあぶり出して、危険を除去して欲しい。〔2017.3.18〕

このところ、北朝鮮問題や森友学園の問題に隠れて、このことが埋もれてしまっているが、油断無く、政府、自衛隊のやることをよくよく見つめていかなければならない。〔2017.4.16〕

闘魂

スポーツ選手に大事なことは、この、「闘魂」である。闘魂むき出しの選手と、それを深く秘めた選手とが居る。どちらがいいかは分からないが、闘魂のないのは問題にならない。普通、闘魂という場合、想定されているのは、まずは相手に対するそれである。しかし、それだけではない。それだけでは足りない。

勿論対戦相手のある競技は、先ず相手に勝たなければならない。単純に考えればそれでお終い。しかし、闘魂とは相手に対する敵愾心ではない、いやそうであってはならないという。

かつて、独特の風貌で一世を風靡した将棋の名人升田幸三は言った。「闘魂は外よりはむしろ内に向けられるべきであり、邪念雑念を排して、我と我が心の闘いに勝つことだ」と。

そう言えば、「克己心」などという言葉があるが、或る意味で「闘魂」はこれに通じるのだ。

１０７歳の人生を享受した「しいのみ学園」創始者の昇地三郎は「人生は自分との闘いである」を信条としていたそうである。「自分の怠け心に打ち勝って、自分の目標に向かわなくては、生き甲斐など見いだせない。百年も生きておれば苦しいこと、悲しいことが始終ある。それに一々挫けるようでは駄目。試練に打ち勝って前進する。それが人生哲学だ」と言っている。百年に亘って生きて戦ってきた人の静かな闘魂は人を鼓舞するものがある。

ほかにも「人生は自己との対決だ」という人が居ることはよく聞くように思う。自分との勝負に勝てる人が一番立派な人間ではなかろうか、という。この辺りになると中々難しい。一体自己とは何か、それに打ち勝つとは？　まことに難しい哲学論争になりそうなのでここまでにする。

スポーツの一流選手など、やはり自分とどう向き合うかを真剣に考える。一流になればなるほど、相談する人もない。結局、しっかりした目標を持ってそれを実現すべく意志を高めるのが「闘魂」なのである。

〔2016.11.17〕

引退を表明した浅田真央選手、恐らく闘魂を奥深く秘めて戦っていたのであろう。最後は自分に打ち勝つべく、引退を決意した。爽やかな引退表明だった。

〔2017.4.16〕

「人間の智恵を憎みます」

これは、長崎原爆でわが子、嘉代子を亡くし、被爆して死んだわが子を捜し出し、その思い出にとサクラを植え、「かよこ桜」と呼ばれるようになり、絵本『かよこ桜』の元になった、その桜を植えた、嘉代子の母、林津恵さんの言葉です。

正直この言葉を見たとき、ぎくっとしました。確かに、原爆は人間が作り出した愚かしいものの一つです。今の世の中、虚心に観察していけば、原水爆廃絶が、人間の悲願であるにもかかわらず、50年後、１００年後に果たして無くなっているか、益々増加して、制御の利かないところまで行ってしまい、手塚治虫の「火の鳥」に出てくるような世紀末を迎えるのではないかと、恐ろしい事ながら、今の愚かな世界の指導者達、その愚かな指導者達を選び続けている、思慮のない人民を見ると、暗澹たる気持ちに成らざるを得ない。

昔、中国にも、日本にも、西洋諸国にも、賢人と言われる人たちが居て、それぞれ一定の影響力を持っていた。今や、そういう人たちは居ない。と言うより、居ても、もう表に顔は出てこない。その声を聞こうともしない。声高に叫ぶいわゆる宗教家と言われる人も、戦争を主導している。人間のために、滅ぼされるのは、人間だけでなく、地球全体だろう。そうなる日は近いのではないか。

地球温暖化に対する危機意識も、その温室効果ガスを最も多く排出している中国、アメリカが一向削減に協力しない。それでもアメリカには、政府に反対して率先して削減に努力しようという動きもあるが、中国にはそれもない。唯相手に削減を要求するだけ、自分は努力をしようともしない。やがてそのしっぺい返しが来るであろうのに。いや、もう既に来ている。にもかかわらず、経済優先、なんたる愚かなことか。そうとしか言いようがない。

　ところで、標題の言葉、人間が本当に「智恵」があるなら、あんなバカげたことはしなかっただろうに、本当の「智恵」に欠けていたばかりにおぞましい原爆に行き着いたのだ。それを、同じ言葉でも、そういう底の浅いのを、昔の偉い中国の賢人は「知恵」といい、本当の「智恵」とは区別していたのである。憎むべきは人間の浅「知恵」であり、「智恵」ではなかったのだ。（「禅の友」2006.7 いちだまり「さくら咲く国を思う夏」を読んで）

〔2007.12.18　2017.4.16 補訂〕

妊娠出産

この日（4月16日　日曜日）、偶然なのか、全然違う場面で、妊娠出産に纏わる妊婦の死に至る病気の話を聞いた。

一つは妊婦の出産時は一寸考えても分かるが、血圧が異常に高くなる。そのため、時として脳溢血が起こるという。年間、２００人からの妊婦がこれで亡くなるという。妊婦の脳卒中に対応する病院の体制が急がれているという。今まで余り聞いたことがなかったが、言われてみれば当然のことだと思う。こんな話をテレビで視聴したが、夜、ラジオのニュースで、無痛分娩のための麻酔が原因になって死んだり、後遺症があったりするということを聞いた。これも、妊婦にとっては聞き逃せない事だ。私は、これ以上のことは知らないが、無痛分娩というのは選択できることなのかどうか、若し、そうならば、事前によく、その危険性は認識されねばならないと思う。言葉通り、「無痛」であるというだけなら、その方がいいに決まっているが、それには大きな危険性が伴っているのである。

女性にとっては一大事の妊娠分娩、危険のないようにしなければならない。考えようによっては、人類の一大事なのだから。

〔2017.4.18〕

私の仏教 ―― つぎはぎ

以前、「糞掃衣《ふんぞうえ》」と題して、糞塵の中から拾ったボロ切れをつぎはぎして作ったという袈裟のことについて書いたことがある。拾い集めたぼろきれを何回も洗って綺麗にして、袈裟を作った故事に因んで、今では、袈裟を新品のきれを使いながら切ったり繋いだりして作っている。この袈裟の有様は、田園の様＝田相をかたどっていると言われている。

この頃、道を走っているとこの袈裟とは言わないが、色々な形に切り取ったり、掘ったりし、その跡を修復して、平坦な道がつぎはぎされているように見える。次はここをこういう風に切るぞと印が付けられているのもある。この頃は、交通のことも考えるのだろう、朝掘ったら、未だ仕事も完全に終わらないうちに埋め戻し、翌朝また掘るということが行われる。やむを得ないが、むざむざ無駄をしているように見える。もう、仕事の終わった跡も、以前の道には戻らない。自転車で通るとよく分かる。境目で大小様々な衝撃が来る。

もうかなり前のことになるが、我が住まいの前の道路が綺麗に舗装され、気持ちよかった。当時、その跡はもう決して掘り返してはならぬ、どうしても水道やガスの工事をしなければならないなら先にやっておけと言われた。それでも、その後に掘り返す必要も当然でて来るから、工事後一定期間内に掘り返す場合は賦課金を取られたりした。その後、そういうことも有耶無耶になってしまった。

工事の予定をすりあわせて極力無駄をしまいとしていたのだが、今やそんなことも聞かない。道路のつぎはぎ状況、正にパッチワークみたいな有様がそれを雄弁に物語っている。つぎはぎのない道路を走ると気持ちいい。自動車などではそういうことは余り感じられまいが、自転車では直接響く。アスファルトの未だ湯気の立っているようなすべすべの所、最初はみんなそうだったはずだが、しばらく経てば跡形もない。

過去には、極力掘り起こしを避けるため、工事計画を綿密に打ち合わせることや、出来れば共同溝を作って掘らずに済むようにすると言っていたが、今やそういう声を余り耳にしない。今でもやっているのか。もう、全く無視して自由勝手にやっているのか。

お袈裟と違って、つぎはぎ道はみっともない。

〔2017.4.22〕

オランダの選挙

中日新聞「世界の町　海外レポート」(2017.4.19　夕刊）の「オランダ・ハーグ　選挙に見る支え合い」という囲み記事を読んだ。

何を争点に投票しましたか?という問いに、ハーグ市役所を訪れていた十九歳の女子学生が答えた。生まれて初めての国政選挙での投票。「貧しい層をこれ以上苦しめない経済政策とか私たちの将来にかかわる環境問題とか…。本当に悩んだ」結果、「高齢者のための政策も重要だと思う。この国を作ってきた人達なのだから」と。一方六十代の女性は子や孫の世代を案じた。「若者の雇用が不安定なのが心配。若い世代を支えてくれそうな党に入れた」と。異世代を思いやる一票。

この選挙は極右政党の伸長が注目されていた、今年三月のオランダ下院選挙での一幕である。この記事の記者は「支え合うオランダ社会の神髄を見たような気がした」と結んでいた。

これは、オランダ全体でのことではないかも知れないが、これだけ考えて投票する様子、そして、それを支えている選挙制度がどうなのか知らないが、我々の投票行動をふり返ってみても、それだけ情報がキチンと伝えられているか、そして、その情報に基づいて考えて投票しているか、反省させられる一文であった。

〔2017.4.24〕

私の仏教 ―― 閑居して不善を為す

ニコニコ法話（『円福』483　2016.10）「俗人閑居為不善」に児童養護施設愛育園でのことが書かれていた。話の内容は少し前のことのようである。その当時、施設の子供達はヒマだったという。そして、園の周りを自転車をもの凄いスピードで乗り回して地域の人達に迷惑を掛けて顰蹙を買ったり、逆に道路に坐ってボーとしていたり、有りもしない理屈を付けて学校を休んだり、昼間は寝ていたり、ゲームをしたり、弱い子を巻き込んで万引きをさせたり、夜も小さな子を連れて万引きに出て、部屋でそれを食い散らす。汚れた部屋は職員が片づける。更に年少児に万引きをさせ、悪い仲間に引き入れ、悪の循環が延々と続いていた。挙げ句の果てには殺人事件や仲間を溺死させることまで起こった。これらは、被害者も加害者もみんなヒマだったことに依って起こった。正に、俗人閑居為不善が真理だと思わせられた。

今、その愛育園では、子供達はみんな忙しい。小学生は学校から帰ると宿題、夕食後も行事の準備。中高生も、勉強、部活、アルバイト、みんな忙しい。忙しいから、余計なことを考える暇がない。今しなければならないことを一生懸命やっている。悪いことをやっている暇がない。この愛育園は短期間に見違えるように立派になった。

こんな話を読んで、成る程と頷かされた。私は、以前「小人閑居して不善を為す」と聞いていた。この、「俗人閑居為不善」も同じ事だろう。小人でなくとも、暇だと何を考えるか分からない。特に、エネルギーが有り余っている子供や若者はそのはけ口を探している。

最近は、定年退職後の人達が話題になる。居場所の無くなった大人達の所在なさを描く小説の朗読を聞いた。誠に気の毒千万、働けるときは身を粉にして働いた挙げ句、用済みとなれば、身の置きどころもない。近頃は、趣味に生きる老人が増えた。誠に結構なことである。それには、若い頃から老後の準備をしておかなければならない。退職すれば人間関係も変わる。仕事関係しか人脈がないというと途端に困る。自らその準備のために、多方面にアンテナを張り巡らし、色々な交友関係が出来れば豊かで生き甲斐を感じられる生活を続けられるだろう。何にしても、備えあれば憂い無しである。

〔2017.5.1〕

圧勝？

朴クネ前大統領の弾劾失職に伴う韓国大統領選が、五月九日に行われ、開票作業は十日朝に終了、各候補の得票結果が確定した。中央選挙管理委員会によると、当選した革新系政党「共に民主党」の文在寅新大統領は１３４２万３８００票（得票率41・08％）を獲得した。次点の旧与党「自由韓国党」の洪準杓候補は７８５万２８４９票（同24・03％）、３位の中道野党「国民の党」の安哲秀候補は６９９万８３４２票（同21・41％）だった。

開票率数パーセントの状況で、早々と文在寅氏は勝利宣言をした。その中で、彼は「圧勝した」と述べていた。確かに他の候補に対しては20パーセント近く多く得票していた。しかし、上記のように、二位と三位の得票を足せば45・44パーセントになり、それより5パーセントほど少ない。これで「圧勝」と言えるのだろうか。この結果は、事前の世論調査の支持率とほぼ同じだった。

この二日前に行われたフランス大統領選挙の決選投票では、マクロン氏がほぼ三分の二の票を得た。第一回投票の結果では、僅かな差であった。

もし、韓国大統領選挙が、フランス式であったなら、どうなったか判らない。と言うより、選挙は水物で分からないけれども、恐らく文在寅氏は勝てなかったのではなかろうか。私には、どちらでもいいことなのだが、選挙制度という物が大きな意味を持ってくると言えよう。

これは、昨年のアメリカ大統領選挙も、私にとっては未だに大いに疑問として残っている。総得票数でクリントン候補が数百万票上回っていた。最近、トランプ大統領はあれは不正投票だったなどと言っているが、トランプ氏にとっては、気に入らないことはみんな不正の結果であるようだ。ここでも、通信手段が進んでいなかったアメリカ建国当時以来の選挙制度が後生大事に守られており、それで、ああいう結果が出たのである。アメリカで、この選挙制度の是非についての議論がないはずはないと思うのだけれども、一向に改善される様子がない。

ともあれ、選ばれた大統領、人々のために最善を尽くして欲しいものだ。勝った勝ったと勝手な事をしないようにして欲しい。

話は違うが、二、三日前に行われた、世界ボクシング協会のミドル級王者決定戦で、変な判定の結果村田選手は敗れた。協会の会長すらが間違った判定だと言っているが、村田選手は結果は結果として受け入れると潔い。私としては、潔すぎるような気がするのだが。

〔2017.5.24〕

同姓同名の集まり

世の中には「同姓同名」の人がかなり居る。日本人の姓は一説では30万種と多種多様であることが知られているから、日本で自分の一族しか同姓は居ないという名字の人もいる。しかし、普通ある名字ならば、同姓同名ということは大いにありうる。名付けの時、親は大抵子供の幸せを祈って命名する。タカシはあっても「ヒクシ」はないし、ヒロシはあっても「セマシ」はない。自分で勝手に付ける号や通称は「愚」とか「老」などと付けるけれども。

それでどうしても同姓同名は出てくる。そういう人が実際に会うということは稀かも知れないが、もし、会えばそこに不思議な親近感や連帯感などが醸し出されることになるようだ。

最近、インターネットのニュースで知ったことであるが、ギネスブックにもこういう同姓同名が記録されているのだそうだ。

この記事には、日本での同姓同名集めの例として「田中宏和運動」というのが紹介されていた。全国から、日時を決めて一箇所に集まるのだそうだ。この「田中宏和運動」では、１１５名の人が集まったそうだ。

同じ名前ではどう呼び合うかが問題である。それでそれぞれユニークなニックネームを付けて呼び合うという。その、一端も紹介されている。一堂に会した１１５名、出身は北海道から沖縄まで、12歳から72歳までの方々だった。こういう方々は会った途端に、話が通じ、和気藹々となる。名前が同じというだけで不思議な親近感が生まれ、交流が深まり、お互いエールを交換し合うという仲になるのだそうである。

ただ、これだけ集まっても、上には上があるもので、米国の主婦「マーサ・スチュワート」さんが集めた１６４人に負けてしまった。しかし、田中宏和さんのなかのニックネーム「幹事」さんがソーシャル・ネットワーキング・サービス（ＳＮＳ）で把握している田中宏和さんは約２００人おり、「どれだけ予定を合わせられるかが勝負」と意気込んでいるそうだ。頑張れ（一堂に集まらなければ記録にならないみたいだ）。

それに引き替え、私は、天涯孤独を楽しみ喜んでいる。世界に同姓同名は今のところ一人もいない。この名前を付けてくれた我が師匠には心から感謝している。

最近のテレビで名前を扱っている番組がある。ああいうところに出てくる珍名さんの中にはきっと私などと同じく世界で一人という方もいらっしゃるだろう。

〔2017.5.24〕

儒教道徳は今

最近、ほぼ同時進行で、切れ切れにではあるけれども佐野泰臣著『漢文百選』（右文書院 1997）とケント・ギルバート著『儒教に支配された中国人韓国人の悲劇』（講談社 2017）を読んでいる。あまりの落差に愕然としながら、なるほどと納得もさせられる。前者は以前買ったままになっていたのを読み始めただけなのだが、後者は題名を見て些か怪訝に思って、手にしたのである。

漢詩漢文の世界の心に染みる数々のエピソード、著者は高校の漢文の教師で、生徒達に懇切丁寧に孔子や孟子の教えを説いている様子がうかがい知られる。又、漢詩の数々、我々の脳裏にも焼き付いている名文句など、漢文の世界、つまり過去の中国のありようが活写されている。詩人の惨めな生活から生まれた心の叫びである詩句も改めて認識された。しかし、言わば古き良き時代であった。

私は、現在の中国の状況が好ましいとは到底思えない。しかし、マスコミの表面に現れてくる人々はともかく、あれだけ立派な人を排出した国に、昔日と同じような人々も居るはずだ、居るに違いない、ただ表面に出てこないだけだと思っていた。しかし、今まで付き合ってきた中国の留学生や、大学教員達の立ち居振る舞いを見ていると、私の思い過ごしかも知れないと思わざるを得ないのではなかろうかと案じていた。ケント氏の著書を見て、そこに書かれていることを話半分としても、新聞報道などで知っていることと照らし合わせれば、麗しい、儒教道徳は形骸化して、その中心概念の「仁義礼智信」の徳目は全て破壊し尽くされ、残ったのは一族郎党だけを大事にすることと拝金主義だとあるのを肯《う》けがわざるをえない。情けない。隣国ゆえ、少しでも良い方向に向かって欲しいが、望み薄い。日本人もいつまでもお人好しでいては食い物にされるばかりのようだ。日本人同士で通じる「和」の精神、譲り合い、罪は水に流すなどといったことは、全然通用しないらしい。

これからの外交、今までのように相手を慮って譲るようなことはせず、日本の国益を第一に強面で、交渉して欲しいと思う。特に、中国・韓国に対しては、はっきり物を言って欲しい。

韓国について、特に何も述べなかったが、同じ事のようだ。以前書いた「去る者は日々に疎し」は随分表現を和らげたものである。

〔2017.5.29〕

天才

今朝、テレビを見ていたら、天才キッズとして3人の子が紹介された。4歳の子供二人と中一の子供だった。天才としか言いようのない子達だった。こういう子達が今後どうなっていくのか楽しみだ。折しも今、14歳でプロ棋士になり、デビュー以来15連勝の藤井四段のことが話題になっている。

一人の4歳児は暗算が得意だ。私などが幾ら時間を掛けても出来ないような3桁数字の掛け算を数秒でやり、全て正解。足し算などは朝飯前。度肝を抜かれる。暗算を離れれば普通の幼稚園児だ。もっと小さな時から数字が好きだったという。一、二歳の頃、泣きやまないのに、数字やカレンダーを見せたら機嫌が良くなったそうだ。両親はそろばんの関係者だった。

中学になったばかりの女の子は最初英語や中国語を喋っていた。初め顔を見ただけでは日本人かどうか分からなかった。てっきり世界の天才を紹介するのかと思ってみていたら、日本人だと分かった。英語、中国語、日本語のトリリンガルだ。余程勉強したのか、帰国子女なのかと思われたが、外国に行ったこともないし勉強は嫌いだと。どうやって覚えたのか、紹介されていた。英語はもっぱら洋書を読むことに依って覚えたと言う。然も、辞書も引かず文脈の中で意味を推定すると言う。発音はインターネット通信のようだった。英語能力テストで、９９０点満点の内９８０点というからネイティブスピーカー以上だ。中国語の習得法も同じと言うだけで詳しくは紹介されなかったが、たまげるほか無い。

もう一人の４歳児は、プロのドラマー顔負けのドラムの名手。専門家でも中々厳しい練習の要る曲をわずか30分で覚えて演奏する。一体どうなっているのか、見当も付かない。この両親はクラシックの音楽家であるから、音楽的才能を受け継いでいるのだけは確かだが、不思議を通り越してびっくりするだけだった。

世の中にには凄い人が居るものだ。

語学天才少女は翻訳家になりたいという。ドラマーの名手は矢っ張り音楽家、暗算の達人は、警察官になりたいとは、４歳児の言うことだから、真意は分からないが、何かあるのだろうか。

稀勢の里は、自分は天才ではないから努力する他ないと言ったと聞いた。此方の方は何となく納得できる。

〔2017.5.3〕

上記のプロ棋士中学生14歳の藤井聡太四段、現時点で公式戦で負け無しの25連勝、凄いの一言。

〔2017.6.15〕

箍のゆるんだ安倍内閣

遂に辞任した、と言うより、安倍さんも堪忍袋の緒が切れたのだろう、今村復興担当大臣を更迭した。表面上は辞任ということになっているが、正に首だ。

このところ安倍内閣の閣僚や政務官や自民党員の言動、どうかと思われるのが続出している。今度更迭された今村復興大臣、容貌のことを言っては申し訳ないが、皆さんも同じ感想をお持ちであろう。いかにも被災者に寄り添わないような風に見えてしまう。好きで避難しているのでないのに、避難しているのが自己責任とは一体何を考えているのだろうか。今度は、震災が東北でよかったなどと言うに及んで、首相もとうとう怒ってしまった。でも、こんなのを任命したことをお忘れなく。

まだ首は繋がっているが早晩同じ運命に見えるのが金田法務大臣。この顔も法務大臣にはイメージが合わない。余りに無知に見える。喋らせまいと委員会に政府の補助員を一杯呼ぶことにした。そんなにしてまでこの大臣亡者を擁護しなければならないのか。このところ、法務大臣は代々変なお墨付きの人が成っている。

稲田防衛大臣のことはこのところ影を潜めてしまっているが、こんな健忘症、拙いのではないか。制服組がこのところ偉そうなことを言っているのが気に掛かる。バカにされきっているのではないか。

何も知らないで勝手なことを言う山本地方創生担当大臣、一体、どうして、文化学芸員がガンなのだろう。こういう言わば縁の下の力持ちがあって初めて各種博物館は成り立っているのである。ただ、物を闇雲に集めて展示すればいいのではない。一体、何をもってガンというのかその理由をとくと聞きたい。ひょっとすると一番のワルかも知れない。

これに比べれば稚気愛すべしとは言えないが、務台俊介内閣府復興政務官、長靴も用意せず台風被害の視察に行き、役人におんぶして貰ったのに、こりもせず、長靴屋が儲かっただろうなどと発言、何も反省していない証拠だろう。何故こうも復興がらみの人達が情けないのだろう。

女性問題でテレビを賑わし、経済産業政務官を辞め、自民党からも追い出された中川俊直さん、お父さんが歎いているだろう。

こんな人達も、選挙民の投票によって政治家になっている。選挙民も考えなければいけないが、なによりもこういう人選をした安倍さんに重大な責任がある。勿論、一番の責任は本人にあるのだけれども。

〔2017.4.26〕

このうすのろみたいな法務大臣が、何もまともな説明をしないうちに今朝、異例の委員会採決を飛ばして参議院で「テロ等準備罪」なる法律が強硬に可決された。

〔2017.6.15〕

怪文書

民進党が加計学園の獣医学部新設に関する文科省内の文書について国会で尋ねた。この民進党が持ち出した文書に関して、菅官房長官は出所不明の怪文書だと存在を認めなかった。文科省内の再就職のあっせんのことで、引責辞任した前の事務次官前川喜平氏が、そういう文書は確かに存在した、あったものをなかったとは言えないと暴露した。それでも官房長官は、前川氏に対する個人攻撃を含めて存在を否定し続けた。しかし、文科省の何人かの役人たちが確かにあると言い始め、ついに再調査（再調査とは言わず、追加調査と言い張っている）をせざるを得なくなった。結果、19の文書のうち、14の文書が存在していることが確認された。

この期に及んでも官房長官は、「怪文書」は独り歩きしたといい、その発言を撤回しない。テレビなどの解説では、菅さんはよっぽど頭に来ていたのだろうと言っていた。そして、その責任を文科省に押し付けている。内閣府の方のことは知らん顔をして。

これももとをただせば、安倍内閣のおごり、箍が緩みっぱなしになっている。それにしても、野党も歯がゆい限りだ。

確かに、行政がゆがめられたことは間違いない。この頃はやっている「忖度」（もともとは麗しい心根を表していた言葉だ）も、この前の森友学園の問題ころから役人のいやらしい心根を表す言葉に代わってしまったが、それよりはるかに問題が含まれているのが、この文書だ。

もう、国会は閉じられてしまうが、国民はしっかり覚えていなければならない。

実は、マスコミもほとんど報じなかったことであるが、困ったことが起こっている。いくつかあるが、最大の問題は「種子法」の廃止だ。なぜ、これを取り上げないのか。取り返しのつかないことになる重大な問題だ。このことは、改めて取り上げなければならない。

〔2017.6.16〕

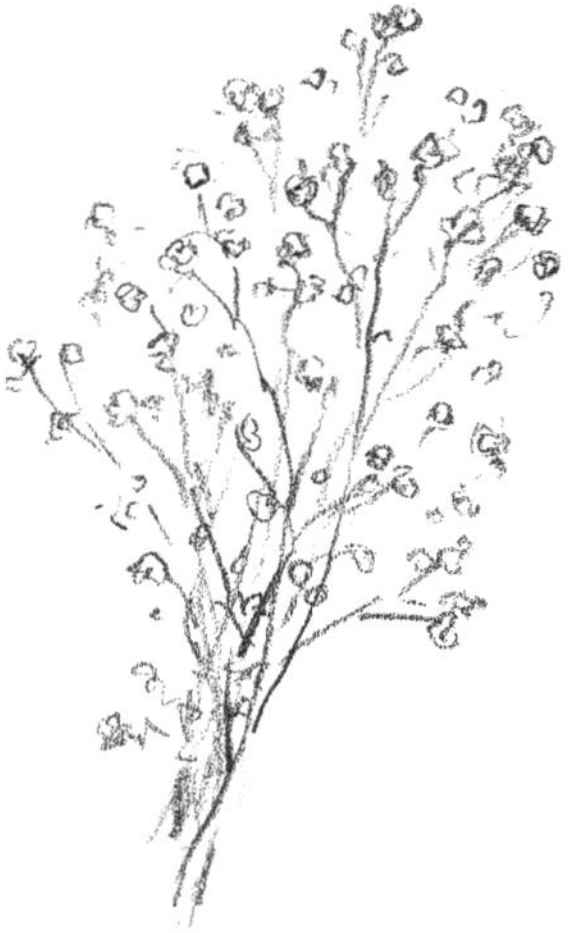

稲田防衛大臣

昨年、南スーダンでPKO活動中の自衛隊の近くで、南スーダンの政府軍と反政府軍の戦闘行為があったと、陸上自衛隊の日報に書かれていたという。その日報を情報公開法に基づいて公開を求めたところ、もう、その日報は破棄したから開示できない、と防衛省が返答したことから、今回の一連の騒動は始まり何回も虚偽と思われる答弁を繰り返した結果、安倍総理大臣の秘蔵っ子と言われ将来の首相候補と言われていた稲田朋美防衛大臣が辞任に追い込まれた。あと数日で内閣改造というせっぱ詰まったところだったが、そこまでも持ちこたえさせることが出来なかった。世論の追及の激しさ、安倍内閣の支持率急降下がそういう事態を引き起こした。安倍首相は更迭こそはしなかったが、正に更迭とすれすれの所である。

彼女の辞任の挨拶が報じられているが、日報の取扱いについては、何の謝罪もなかったという。彼女は余程自信家と見えて、いっかな謝罪ということはしない質のようだ。東京都議会議員選挙の応援で、正に法律違反になる文言を発して応援しながら、一体何が悪かったかも分からなかったようである。弁護士資格があると言うが失格である。この時も後で発言を撤回はしたが、謝罪はしなかった。更に追及を受け、嫌々謝罪したという。今回は、追及されることがなかったので、謝罪は勿論しないのである。

隠蔽に関しては、同じ場に臨席していた陸上自衛隊の幕僚長や防衛省の事務次官は引責辞任しているのに、その場で議論されていたことも理解していなかったのであろうか。長の立場にある人の言としては我々の納得しにくい言動である。この、防衛省の隠蔽体質はどうしても改めさせなければならないことである。それなのに、自分は風通しを良くしたと言っているのは噴飯物だ。さらに、どうも背広組が制服組に軽んじられている様子がほの見えるから余計に心配に思う。自衛隊員や国民の信を失った指導者など何とも成らないだろう。

それに、世間を今も騒がせている森友学園問題に関しても登場、その健忘症ぶりを遺憾なく発揮した。政界官界の要人達は何かというと「記憶にない」を連発する。若し本当にそうなら、そんなに物忘れの酷い人達に政治を任せることは出来ない。

今後、この小佐野流物忘れを誇示する輩は即刻職を解くようにして欲しい。正に、「記憶にありません」と言って楽しんで人々を愚弄しているように見えて成らない。

もう明後日に内閣改造は迫っている。余り期待は出来ないが、お友だち内閣でないことだけは期待したい。

閉会中審査に野党は真相究明のため、防衛省特別監察の結果をふまえて、稲田氏の出席を求めていたが、自民党は拒否、一体、自民党は何を隠そうとしているのだろう。そういうときの竹下国対委員長の顔は凄く下卑て見えるのは思いなしか。

〔2017.8.1〕

今度の内閣改造前に、もう、いたたまれず辞任したが、その後の出席要求の委員会には出席せず、何の責任も果たさない、無責任大臣の典型になった。

〔2017.8.2〕

私の仏教 ―― 縁無き衆生は度し難し

先代から一応月参りに行く程度の付き合いの有ったお宅、終戦前に両親とも亡くなり、未だ、成人もしないような息子と同じような娘が一緒になったと聞いている。先代の口癖は、子供同士でくっついたので何も知らん、非常識だと。

その時の息子の方も、戦後七十年経つか経たないかの頃に寝たきりになって亡くなった。この息子の方は、のんびりした人で、衣料品を問屋街で買ってきては商っていた。好人物であるが、何も知らないということはその言動で見て取れた。私は未だ、年端もいかない頃から、時折月参りには行った。子供にとっても実につまらぬ事を言って笑わすつもりだったろうがばかばかしかった。でも憎めないところがあった。決まった日に月参りにいっても留守の時が屡々。しばらく月参りを休んだら、ちゃんと来てくれと言う。電話をかけていくようになった。ところがこの相手の婆さん（昔から婆さんでもなかったが）、実に素っ気ない。わざわざ決まった日に電話をしているのに「もう、ええわね」、つまり来なくてもいいと言う。そういうことが続いた。しばらくまた行くのをやめたら、爺さんは来てくれと言う。こんな事を繰り返していた。この爺さん、前にも言ったように好人物、私の息子が行ったときなど、売り物の、パンツやシャツを呉れたりした。その爺さんが亡くなった。

このお宅、誠に珍しい事に、戦後ほぼ七十年、一度も葬式を出したことがなかった。したがって、法事をしたりすることもなかった。目立った仏事と言えば、かなり遠くに墓地を買って墓を造立し、その開眼をしたということくらいだろう。寺との付き合いは月参りくらいの稀薄なものだった。ただ、そういうお宅は他にも幾らもあったが、際だっていたのは、いつ行っても、只の一度もお茶一杯出てきたことがなかったということ、盆にも正月にも一度も寺に足を運ぶということがなかったことだろう。

これは、先代の頃のことだが、その両親が亡くなった後、戦中ということもあって、物資不足の頃、寺に永代祠堂牌を祀らせることもなかったということもあったし、その後死人が出るという不幸もなく、その機会がなかったのに依るだろう。一寸余分なことまで言ったが、その爺さんが亡くなった。

その後、その息子さんが一応の後始末はしたが、別に住んでいる。七日七日の供養には集まってきた。その間、お茶は出してくれたが、それは娘さんが来ていたからだ。この婆さんは、挨拶もしない。

正月などには、お札や印刷物など皆さんに差し上げる。わざわざ行ったのに留守なのか、出てこないので、玄関先に置いてきた。しかし、それについても何の反応も無し。余程私が嫌われていたか、寺を嫌っているらしい。今回、その息子さんから今年の盆はいつ来てくれるという問い合わせがあった。それで、この息子もうすうすは感づいていたらしいが、今までの経緯を話し、改めて話をしてからにしようと決めた。そしてこの婆さんと話し合ったらしいが、とうとう匙を投げて縁切りしてくれと言ってきた。

正に「縁無き衆生は度し難し」の恰好の見本である。

〔2017.8.5〕

私の仏教——耳鼻科

四月の中頃、耳が痛くなってきた。触っても痛いので、医者嫌いの私も仕方なく耳鼻科を受診した。触ったために外耳道に炎症が起こっているということだ。絶対に耳の掃除などはしてはいけないと言われた。

確かに、よく痒くなるので、ついつい綿棒などで触っていた。以前に耳鼻科で貰った軟膏や、メンソレータムなどを付けた。耳かきで掻いたこともあった。それがいけなかった。痛いのは、右耳だけだったが、左もいけないという。それから、もう4ヶ月になる。殆ど欠かさず通院しているので、80回くらいになるが、未だ、良くなったという気が余りしない。でも、早晩良くなるだろう。老人になるとこういう事も治りが遅くなる。それに、調子のいい日と悪い日とがある。

それはともかくとして、私は、若い頃から、耳鼻科には随分世話になった。どれだけ耳鼻科をはしごしたか、正確には思い出せない。どこでも随分待たされたものだ。今回も、曜日によって随分違う。初めはそれが分からず、随分待たされたが、その間、幾つか本が読めた。そう言えば、学生時代から、長らく耳鼻科通いが続いたが、それは、今とは違って喉の痛いのが主たる原因だった。いつの日にか、それは卒業できた。その間、本当に色んな耳鼻咽喉科のお医者さんの世話になった。最後、卒業できたところ以外は、結局行くだけだった。と言ってはお医者さんには申し訳ないが、時には、二時間も待って診療は二、三分、患者におこってばかりいたお医者さんもあった。自分が、喉を痛めてしまって、マスクをして、一切喋らないお医者さんも居た。

その待ち時間の間に、随分本も読めたし、中でも新村出全集の索引作成に携わっていたときにはその項目選びが随分捗ったものだ。今回も往年のように、読みたいと思っていた本が大分読めたが、段々コツを覚えて待ち時間が短くなって読む量が減ったのは痛し痒しだ。他で読めばいいではないかと思われるが、待ち時間を有効に使うというのが目的なので、そうもいかないのである。

神谷癸水先生の本を読んでいて、こま切れの時間を有効に使うと言うことがあった。正に我が意を得た思いであった。実際考えてみると、今では殆どコンピュータの前、昔のコンピュータならば一つ一つの仕事が遅いので待っている間に幾つも他の仕事が出来たが、今のはそうもいかなくなった。机の前にちゃんと座って本を読むなどということはないに等しい。大体、腰掛けていることすら少なく、コンピュータを操作する以外は、大抵は立ってやっている。落ち着かないことだ。

耳鼻科を受診して、こんなとりとめのない感慨を持った。まだしばらくの通院だろう。〔2017.8.23〕

私の仏教 ── 郵便

今年になって、いつの頃からか、今まで大体決まっていた郵便配達の時間がめちゃめちゃになった。以前は、早いときは午前10時前に、遅くても昼前には必ず届いていた。特にあてがあるわけではないが、郵便の届くのを一つの楽しみのようにしていたし、生活のリズムを作っていたように思う。

ところが最近では、午前中に来ることはほぼ無くなった。たまには昼頃来るときもあり、それは嬉しい。しかし、2時3時になっても来ない、今日は来ないかなと思っていると4時過ぎ、或いは、夕刊よりも遅く来ることがある。一度、配達している人に聞いた。どうしてこんなに不規則になってしまったのですか？と。余りはっきりはしなかったが、どうも人員不足のようなことを言っていた。そうかも知れない。総じて、こういう運送や流通の物流にかかわる仕事は増え続けている。インターネットによる通信販売が飛躍的に伸びており、この業界は常に人手不足の状態だという。そういう中でも民間の業者達は土曜日曜の別なく配達している。それを見ると、逆に、体を悪くしないかとこちらが心配するほど走り回っている。若いから出来るのだと思う。確かにそんなに年配の配達員はいないようだ。それに引き替え、日本郵便の方は、もう、民間業者と同列に考えてもいいはずなのに、どこかやっぱり親方日の丸の根性が抜けない。先日も、料金を確かめたくて郵便物を測って貰った。そして、切手を買おうとしたら、ここは測るだけで切手は又並んで買って下さいという。二度手間だ。忙しいところは目の回るほど動いているが、一方ではのほほんとしているのもいる。いつの世でもそうだろうが、何とかならないものかと思う。

話は逸れたが、郵便物配達の時間がめちゃめちゃになって、大げさに言えば生活のリズムまで狂わされたように思う。以前なら、返事すべき物には直ぐさま反応できた。それが、夕飯近くなってやっと来たというのではもう返事は夜の仕事になってしまう。事に依ったら、明日になる。翌日朝方用事があればもっと遅くなる。これに慣れればいいのかも知れないが、時間が全く区々《まちまち》なのでその区々に慣れるのは中々難しい。

これからずっとこうなのだろうか。キチンとした配達を望むのが贅沢なのだろうか。こんな思いをしているのは、私一人ではあるまいと思う。

〔2017.8.24〕

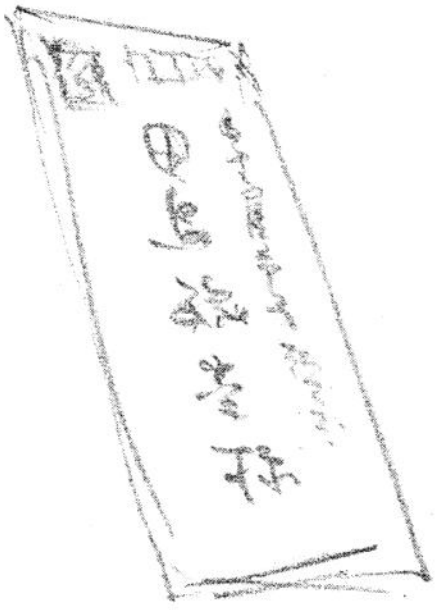

私の仏教――こんな事が出来たら

年取ると欲しい物もなくなるし、こうしたい、ああしたいという願望も少なくなってくる。何をどう言われても、どうせ大したことはないわ、できっこないだろう、などと初めから諦めている。子供達の好奇心の旺盛さに羨ましさを感じる。

ところで、こんな事が出来たらいいなぁと思うことがないわけではない、現在の技術では恐らく実現不可能、遠い将来にも出来るかどうか。

今度、先月下旬に発生した台風５号は夏台風特有の迷走、小笠原諸島で何日か過ごした後、九州種子島、屋久島地方でもゆっくり滞在、その後、四国沖から、紀伊半島に上陸して日本海に入り、再度東北地方に上陸を狙っている。日本列島をほぼ隈無く席巻した。こういう報道は今のところ無いが、あちこちで水不足が言われていたが、まんべんなく、水を供給してくれたようだ。ただ、やり方が些か乱暴なんだが。かなり長期間ほんの少しずつ移動していた様子が、衛星写真でくっきりと分かる。この台風を何とか操縦できないものか。もしできたら大変なことになる。今は出来ないから、台風に襲われても諦めるほか無いが、操縦できるとすると恨まれたところは大変だ。因みに、この台風、長寿台風で、観測史上３番目だと言っている。

話は一寸変わるが、例の弾道ミサイル、このところ北朝鮮は世界中の反対を押し切ってばんばん打ち上げている。こういう物には恐らく誘導装置があると思う。それを逆手に取り、彼らの思うようにさせず、此方の思うように操縦できたら面白いのだがなぁと夢想する。これは台風と違って全然不可能ではないように思う。そういうことを研究していることについては寡聞にして知らないが、きっと、やっているに違いないと思っているが、はてどうか。

〔2017.8.8〕

今日、八月二十九日早朝から、北朝鮮が、日本海に向け、日本列島を飛び越えてミサイルを発射し、十数分後に北海道沖に着弾した。これをめぐって、朝から大騒動である。今のところ被害は確認されていないが、こんなことをされたままでいいのだろうか。

〔2017.8.29〕

中国のＩＴ

香港紙「明報」が伝えた。

中華人民共和国の大手ＩＴ企業が開発したＡＩ＝人工知能のサービスが中国共産党への批判を展開し、サービスが停止される事態となっている。「中国共産党万歳」という書き込みに対し、ＡＩは「こんなに腐敗して無能な政治に万歳なんてできる？」と答えたという。このＡＩは、利用者との会話を通じて学習していく仕組みのため、「ＡＩの批判は国民の思いを反映したものだ」と指摘する専門家もいるが、結果的に中国共産党への批判が政府ににらまれることになり、サービスが停止される事態となっている。

これは中華人民共和国政府の圧力によってサービス停止に追い込まれたが、結局は国民の意見を色濃く反映した物であることはよくよく知らなければなるまい。政府や共産党はともかくとして国民はまともだということである。

ほかにも、「中国共産党を愛しているか」という問いには、「愛していない」と回答した。また、「あなたにとっての『中国の夢』は何か」という問いには、「アメリカに移住することだ」と応じたということである。中国では、習近平指導部のもとインターネット上での規制が強化されているが、テンセントは先月30日からこのサービスを停止せざるを得なくなった。正に言論弾圧、中華人民共和国にとっては当たり前のことなのだ。

機械は正直だ。人間のように忖度はしないから。ただ、これに正に忖度機能まで持たせるようになるのかも知れない。

〔2017.9.8〕

土俵の周りにマット

伏木の相撲愛好会の今年の大会に参加させて貰った。天候も今までになく良かった。雨でないのが何よりだった。ただ、実は、天気はかなりめまぐるしく変わったといってもいい。雲が切れてかんかん照りになると流石に暑かったし、曇ってくると、風は寒いくらいだった。それに本の一瞬、霧雨のような雨が降り、片付けをしようとしている内に止んだ。

今年は、三戦三勝が６人いて決勝トーナメント。その中に、私も対戦させられた今場所最大の力士、正確なサイズは知らないが、身長は二メートル近く、体重は百二、三十kgがまだ中学生の力士と対戦した。中学生とはいえ、去年は小学生の部で優勝している。相撲部で毎日練習しているのだろう。上背は相当あり、筋肉質の非常にがっちりした体。とてもすばしこく、動きまわる。かの大男、最後はこの中学生の勇み足で勝ったことになったが、倒れたまま動かない。少し手が動いたから安心はしたが、一向立ち上がれない。結局救急車の出動ということになっしまった。大会運営者にとっては去年、一昨年に次いで三年続きの負傷者。心労は大変なものがあろうと拝察する。

後の懇談会で、土俵の周りにマットを敷いたらという提案があり、会長がみんなの意見を聞いた。色々な意見があり、積極的にこうしたらいいという提案もあった。

私は、申し訳ないけれども賛成しかねた。今回も去年も土俵の周囲で倒れたが、倒れるのは土俵の周囲とは限らない。真ん中でも外掛けなどで転倒することはある。マットを引くとすれば、結局マットの上で相撲を取ることになる。今、体育館などで相撲を取るときなどそういうマットを敷く。しかし、転倒したときのショック防止のためではないし、その役には立たない。

三年続きの事故、これは、言ってしまえば悪いけれども稽古不足の一言に尽きる。そう言うと、稽古不足かどうかどうやって判断するのだと聞かれた。それは、正に自覚の問題、流行りの言葉で言えば自己責任なのだ。と言っても、事故が起こっては、自己責任だからとも言っておれない。やはり、平生の稽古、これは、社会人にとっては中々大変なことだけれども、自分の体力を過信せず、地道な稽古しか、事故を防ぐ方法はないのではないかと思う。

私自身も今まで相当の怪我はしているが、多くはすりむき傷だ。頭から落ちて派手に頭を怪我をして、みんなに冷やかされたことはある。でも、せいぜいそんなもの、去年の伏木大会の時、上手投げで相手を倒したとき同時に土俵下に転落して、肩を打ったらしい。その時何も感じなかったが、翌朝とても痛かった。以後、ジムでベンチプレスが出来なくなった。回復したのは漸く8ヶ月後の今年5月だった。これは矢っ張り仕方がない。若ければこんな打撲は治るのに大して時間は掛からないが、残念ながらこの年になると回復にかなり時間が掛かる。偉そうなことを言っても、自分が救急車の世話にならなければならないようなことになれば仕方がない、矢っ張りそうならないよう稽古をしよう。

〔2017.9.8〕

防音シート

今、私の住んでる地域は、新しいビルの建設と古いビルの解体とが同時に進んでおり、その、騒音たるや凄まじい。

今朝のニュースで、椋鳥が集まって喧しいのを鷹を放って追い払うという作戦が展開されているというニュースがあった。その被害もあちこちから報告されている。鳥の被害は鳴き声と糞害である。でも、これは元を正せば、彼らの栖、里山がなくなってきたことの表れである。

その鳴き声の喧しいのも分かる。建設の方は未だいいが、ビル解体のやかましさは、鳥の鳴き声とは到底比べものには成らない。鳥の鳴き声は、私も通勤途中でよく聞いたが、多分夕刻の一時だろうと思う。ところが、ビル解体ときたら昼間のかなりの長時間、部屋の中にある直ぐ近くのラジオが聞こえないことすら有る。

そのための防音シートだろうと思うが、一向効果があるとは思えない。ひょっとすると、防音シートと書いてあるが書いてあるだけなのかも知れないと思えてしまう。もともと薄っぺらいシートだ、あれに防音効果があるとも思えない。本当に騒音を遮る効果があるのだろうか。

今も、耳を劈く騒音、一時それが止むと、ヤレヤレと静かさを満喫する。我が家の近辺は交通量も相当で一日中静かとは言えないが、ビル解体の騒音が一時的に止むと深山にいるような気になる。耳がもう相当麻痺しているのかも知れない。

抗議を申し込みたいのだけれども、我が家の近辺には住人は殆どおらず、余所から来る勤め人が大半、一緒に抗議をする仲間もいないのが実情。二ヶ月間と言うが、暫くは我慢、結局は泣き寝入りしなければならないのだろう。工事人も大変だろう、休憩時間に彼らとちょっと話をしようと思うのだが、全員外国人、殆ど話が通じない。彼らも我慢してやっているのだろう。

〔2017.9.8〕

相撲と重量制

多くの格闘技は重量制である。マスターズの場合にはその上、年齢制がある。因みに相撲にマスターズの制度がないのは何故なのだろうか。それはともかく、大相撲は、入門の時に身長・体重の下限が決められている。上限については聞いたことがない。琴欧洲などはレスリングをしていて重量が制限をオーバーしてしまったので、相撲に転向したようなことを言っていた。

日本では、昔から、体が大きいと相撲取りになれ、などと言われていたという、それくらい、大きいということが尊重されてきた。

今も、重量制を導入している相撲の大会も僅かにはある。しかし、柔道、レスリング、ボクシングなどのようにきめ細かな規程は全くない。かつて、或る親方に、大相撲も重量制の必要があるのではないかと言ったら、言下に「小よく大を制す」というのが相撲の醍醐味だと言って、一言の下にはねつけられた。多分、今も大多数の親方達を含めて大相撲関係者はこの考えだろうと思う。

ただ、私は以前から、今の大相撲力士の負傷は、多くが重量の所為で起こっているように思う。普通の人では耐えられないような場合も何の怪我もしないことが確かにあり、それは稽古の賜物だろう。しかし自重《じじゅう》で怪我しているのではないかと思えることもある。

今回四横綱の内三人までが初日から休場ということは大相撲史上でも珍しいという。その中で、稀勢の里の場合、春場所での怪我は恐らく自重のためだと思う。以前にも、琴奨菊、琴欧洲が相次いで負傷したことがあったが、ともにやはり自重にやられたとしか思えなかった。横綱に次いで大関高安まで太股を痛めて休場、見ていたがどうなったかはよく分からなかった。宇良の負傷は自重では無かろう。高安の負傷の原因は分からないが、ひょっとしたら自重がかかわるのかも知れない。白鵬の休場は、本人が一番悔しいだろうが、彼の場合はもう、御苦労さんでしたとしか言いようがない。鶴竜は限界なのだろうか。彼の場合、うまさで取っていたが、相手の重量に抗しかねたのかも知れない。

相撲解説者の舞の海秀平さんが、今場所の休場の多さは重量が関係しているのかも知れないと言っていたが、その真意は聞いていない。

私は、確かに重量は或る程度は必要だとは思うけれども、相撲の裾野を広げる意味では、重量の階級制を導入すべきではないかと思うし、重量の上限も制限しなければ、却って力士生命を短くしてしまうのではなかろうかと心配している。

〔2017.9.13〕

暴言の責任

「取るに足らない日本列島の４つの島を核爆弾で海中に沈めるべきだ」「日本はもはや、われわれの近くに置いておく存在ではない」。北朝鮮は、国民の怒りの声として、対外機関の声明でこう日本を非難した。合同軍事演習を続けた米韓に対するのと同等の強い言葉での暴力だ。

　こういう言葉、いわゆる言葉の暴力、今までも数限りなく聞いてきた。特に共産圏からの誹謗中傷が多かったように思う。聞く度に何らかの敵愾心がかき立てられた。しかし、今の北朝鮮は問題外として、今まで、浴びせられてきたこういう暴言に対して我々はちゃんと対応してきたかどうか、浴びせられた暴言中傷に対して一切対応しないことが、最上の対応だということか。もしそうならそれでいい。お釈迦様の対応と同じである。受け取られなかったものは、その本来の持ち主の物なのだから。

　それはそうとして、この妄言に対応することはないが、一体、北朝鮮は何を考えているのか。金正恩のやりたい放題で、誰一人として制御できない状態なのだろうが、正に裸の王様、早く、外圧によって人民達が傷付けられないうちに内部で問題の処理が測られることを期待する。難しいかも知れないが、金正恩の多くの取り巻きも将来に展望を持っているわけでもあるまい。まともな人間ならば。尤も、戦時中の日本人のことを考えるとまともにアメリカに対抗できると考えているのかも知れない。でも、本当にまともな人達もいるだろう。そういう人達の行動に期待したいのだが。

それにしても鬱陶しいことである。数百kmも上空は領空ではないから、自由なのだという。しかし、無警告でのミサイル発射は、船舶やその時々の航空機の飛行にも危険を生じる。現に、前回の日本海に着弾したミサイルの場合、数分の違いで国際航空機の飛行に影響した。

打ち落とせば、却って被害が起きるだろうから、黙って通り過ぎさせるのがいいのだろうか。すると、弱気と見て、上記の如き文言になるかも知れないのが業腹である。こんな事も言っている。「日本列島は一瞬で焦土化できる」と。バカも休み休みに言えと言いたいが、こんな言葉に対応してはいけないのだろうが、いわゆる米韓の「斬首作戦」も見たくもなるのである。

こんな、馬鹿馬鹿しいやりとりが国際的にまともに行われているのはキチガイじみている。早く、まともな世界になることを心から祈る。

〔2017.9.19〕

北朝鮮のミサイル

8月29日早朝、北朝鮮は弾道ミサイル河清12号を日本海に向けて発射し、日本ではJアラートが作動し、大げさに言えば日本中が大騒動。その警告を聞いてから若し着弾するとすれば3分しか余裕がない。頑丈な建物か地下に逃げよと言ったって両方無い場合が多い。後日の新聞報道を見れば、訓練として、子供達が、教室で身を伏せている写真が載っていたが、これで何とかなるのか知らん。

そのミサイルは北海道上空を飛んで、襟裳岬から１０００キロほどの所に着弾したという。２８００キロほど飛んだことになると言う。

北朝鮮の金委員長は、日本中があわてふためいている、積年の恨みを果たしたと言っていたという。この言葉はキチンと記憶しておかねば成るまい。

元々は、グアム周辺に4発着弾させる予定だと言っていたのをアメリカの強硬な反撃に対してひるんで、日本を脅かしつつ、発射訓練をしたというのが真相だという解説もある。迷惑千万だ。黙っているのもシャクだが、大騒ぎするのもばからしい。遥か上空を飛ぶ分には大した被害はない、着弾地点付近の漁業や、予告無しの発射は航空機にも危険を及ぼすから、やっぱりこの無法には何らかの懲罰が科されなければならない。一体どうしたらいいのか。私には皆目見当がつかない。基地を叩くと言ってもそこらじゅうから発射しているから簡単ではない。

話し合い話し合い一辺倒の中国、責任はどう取ってくれるのか。成算があるのか。いわゆる話し合いのための話し合いでは何にも成らない。北朝鮮は核の問題は議論のテーブルにはのせないと言い切っている。さらに、国連安保理の議論においても、ロシアはいつもイチャモンを付け、今や外貨稼ぎの一ルートとして、わざわざ定期航路を開設さえしている。日本やアメリカがうろたえているのを喜んでいるようにも見える。或る専門家は、北朝鮮がどんどん暴れてくれるのをロシアは後ろで糸を引いているとまで言っていた。自分たちがクリミア問題で制裁を受けている仕返しだという。

国際政治の駆け引きというのは全く、非人間的な物だ。そういうことも十分意識して、日本の外交も頑張って欲しいと思う。

確かに話し合いのための話し合いでは仕方ないが、誰か蛮勇でもいい、ふるって金委員長と渡り合えないものだろうか。彼も一応は人間だと思うから。

〔2017.8.31〕

その後また核実験をやり、国連安保理で制裁決議案が全会一致で可決された。それにも、北朝鮮は猛反発し、またまたミサイル発射、北海道上空を通過し、襟裳岬沖2000㎞近くに着弾した。グアムを射程範囲にしたということである。この間の動き、とてもめまぐるしく、何をやってもこの無謀を止められないのかと、いささか、諦めの気分にさえ成ってくる。

〔2017.9.20〕

私の仏教 ―― 医療観

私は、全く勝手なことかも知れませんが、こんなことを言います。「医者に行くから、不健康になる。医者に行かなければそれだけ健康になる」と。主として薬害への警戒と不信です。語弊はあるかもしれませんが、高齢になれば、あちこち悪くなるのが当たり前、それを元通りにして貰おうと思って医者に行ってもそれは無理というものです。医者の上等なお客様になるだけです。こう思うので、めちゃかも知れませんが、こんな事を言っています。

こないだテレビの相撲放送を見ていたら、解説者がこんな事を言っていました。「病院に行かなかったから大丈夫なんじゃないの」と。私の言うのと意味は違いますが、面白いなと思いました。こんな事を言っている手前、目が一寸くらい見にくくても、痒くなっても、目医者さんには行きません。どうせこんなものだろうと思うからです。歩く速さが前に比べれば相当遅くなっています。急げば暑くなりますし、膝を初めあちこち痛くも成ります。しかし、長い間使ってきた足、よくここまで持ってくれたと感謝しています。間違っても整形のお医者様には行きません。ところが同じような症状の人が、毎日のように整形外科に通い、注射をして貰ったりするがちっとも良くならないなどと言っています。あなたの自由だけれども、それは余りに贅沢の言い過ぎで、無い物ねだりではないかと申し上げます。若いときと同じようにして貰いたいのは分からぬでもありませんが、それはどだい無理な話。整形のお医者さんが年寄りで一杯なのはそういう人達が一杯いるからでしょう。思うようにならないから、毎日通い、結果的に、大賑わいなのです。一種の社交場と化し、「あの人来ないけど、どこか悪いんじゃない？」などと冗談めいたことが言われたりします。本当に親切心のあるお医者さんならそのあたり上手く説得して欲しいものです。仮にも金儲けを考えていただきたくありません。

私が信用しているお医者さんは、親切心からでた診療行為が保健の法律にでも触れたのか、保険医を外されてしまわれました。年に一回くらいは見て貰うことがあります。すると、今の高血圧の決め方は医者と薬屋の結託で随分低く設定されてしまっているといわれます。私はその設定から見れば高血圧なのですが、薬を呑む必要はない、特に異常な場合は仕方ないから呑めばいいが、下がればやめよとの仰せ、それを信じています。二、三年前、そのお医者さんが休診日だったので仕方なく他に行ったら二週間分狭心症の薬を処方されました。例のお医者さんに聞きましたら、特に異常な場合は呑めばいいが、下がったら直ぐ止めよとのこと、それで4日間呑みました。残りは今も手許にあります。人にあげるわけにもいきません。それ以後特にこれといったことはありません。人に言うと呑み始めた薬を止めていいの？とあきれ顔です。皆さん、血圧の薬は呑み始めたらやめられないという迷信に縛られているみたいです。これを迷信だなどと言うと叱られそうですね。

私は、年相応に、体全体が若いときとは違うと考え、衰えは当たり前、或る程度のメンテナンスは必要とは思いますが、薬漬けになるのは間違っていると思います。如何でしょうか。〔2017.9.27〕

私の仏教 ―― 食事

「朝食電車ガール、朝、9時45分、京浜東北線、すぐ横の出口付近では、立ったままスナックらしい袋から食べている女子OLもいます。10年後には日常的風景になる?」、電車の中で、食事を広げて食べている写真と共に、インターネットにこういう投稿が有りました。

私は特に言われた覚えは有りませんが、食べながら歩いたり、外で立ったまま食べるということは、どうも出来ません。駅などでも、せめてベンチに座って食べることぐらいが関の山です。

先日、台湾に行きました。卒業生が、有名な大判焼き屋だと言って、余り興味はなかったが連れて行ってくれました。見るだけでいい、食べたいわけではありませんでしたが、何か買えと言うので珍しい野菜入りのを頼みました。随分の人が並んで買っていました。余程有名なのでしょう。順番が来て受け取ったら、食べようと言う。他の人達も買って直ぐ食べていました。私にはどうしても抵抗があって、歩きながらは食べられないと言うと、これは台湾式だから、是非、熱いうちに食べなきゃと言う。仕方なく、幸いにも道路脇に腰掛けるところがあったので、そこで頂きました。

こういう歩きながら物を食べるのは、何も台湾式に限らず、最近は日本でもよく見るようになりました。最初に書いた風景が、珍しくなくなりました。飲み物でも、缶入りコーヒーやジュースを歩きながら呑んだりします。その呑んだ後の空き缶や空き瓶を無造作にぽいと道に棄てる輩も見かけます。少し前になりますが、悪評の高い学校の生徒達、呑んだ後の瓶を自分の後ろにポイ、音を立てて割れましたが、知らん顔して行ってしまいました。忘れられない風景です。

道元禅師の教えでは食事は修行の一環として殊更に重要なのです。

道元禅師は「赴粥飯法」という文章の中で、食事にかかわることの大切さを諄々《じゅんじゅん》と説かれます。こういう食事そのものに関する文章だけでなく、禅師の経歴を見れば、修行の随所に食事にかかわることの大事さを感じ取っておられた事が分かります。渡宋して最初に経験されたことも、食事を作る坊さんからの教えでした。当時の日本の寺には食事を大切にするというようなことはありませんでしたので相当ショックを受けられまして、ことある毎に食事作法、食に対する態度ということを事細かに指示なさいました。

その伝統は今も禅寺には受け継がれております。食事そのものが修行なのです。食事をすることも、作ることも全部修行、然も、大切な修行なのです。

私自身も、修行の真似事のようなことを子供時代からしてきました。正式な修行道場では「応量器」という食事用の器を使い「展鉢」ということを行って食事をします。食事自体が修行なのであります。ですから食事を疎かにすることも、食べ物を粗末にすることも出来ません。ただ、お腹をふくらせばいいというものではないのです。電車ガールなどは論外なのであります。

〔2017.10.2〕

社会人への伝言

なにか、もう死にかけで一言残しておく、と言った感じがする標題です。それはともかく、私は、去年『磨言志冊』という雑文集を出しました。その中に、「私の仏教」と題して書いた文を集録して、喜寿を自祝する本として出版し、皆さんに貰っていただきました。

ところで、この、「私の仏教」とは何か。元々、仏教というのは２５００年前にインドにお生まれになり、世の中の不条理を感じて出家し、苦行を重ねたが、それでは駄目だと悟り、中道こそが人の歩むべき道だとめざめられましたお釈迦様が、折に触れて説いてこられたことを体系化した物であります。お釈迦様自身の書かれた物ではなく、弟子達が聞いたことを纏めた物です。

お釈迦様のお話は、「応病与薬」、「対機説法」と言われるように、その時々により、悩みを訴える人により、時により、折に触れてなされました。今で言うカウンセラーの様な役をしておられたのだと考えられます。

そのお話の肝腎な点は人間として当たり前のこと、極端な苦行でもなく、怠け楽しむだけでもなく、どちらにも偏らない、「中道」ということです。仏教と言わなくても、他の教えでも何でも、人として当たり前のことを説くのは正に仏教、仏の教えであります。

それで、「私の仏教」と題して書いた私の諸々の文も、一般に言う「仏教」とは違うのではと思われることもあるかも知れません。しかし、それが私の仏教であります。

「社会人への伝言」として私が言いたいことはただ一つ、この「人として当たり前のことをして欲しい」ということであります。それは何かと言えばやはり自分でよく考えて、人の道に外れないことと思えることであります。それはもう、「～戒」などと言われていることも含めて世間的にも道徳的にも言われていることも多いと思いますが、それに限らず一挙手一投足、道に外れない心がけをすべきだと思います。こう言ってもなにも難しく考えなくてもいいと思います。人がこんな事やったら自分は嫌だと思う、というようなことはしないことです。その逆をすればいいのです。

そう思ってインターネットを見ていたらこんなのが投稿されていました。電車の中で食べている写真と共に。この前の記事にも書いたことですが、

「朝食電車ガール――朝、9時45分、京浜東北線――すぐ横の出口付近では、立ったままスナックらしい袋から食べている女子ＯＬもいます。10年後には日常的風景になる?」

こんなのは人として余り褒められたものではありません。直ぐ犬とか烏とかを思い描いてしまいます。

〔2017.10.2〕

もくせいの香り

いつもこの時期になるとこの仄かな香りに魅せられる。

十月になると思わぬところでこのえも言えぬ香りが漂ってくる。又、このシーズンかと嬉しくなる。拙寺にも二本この木がある。今年は駄目かと思っていた。昨年末、いつも頼んでいた庭師が都合がつかず、この夏は全く別の若い人に頼んで庭木の剪定をしてもらった。二人で来て機械を使い、僅かな時間で綺麗さっぱりと刈り込んでくれた。それはいいけれども、此方も思いっきり短くと頼んだ所為もあるが、花芽も残らず刈り取られてしまったみたいだった。やっと、この二、三日前、僅かに黄色く咲いていて、仄かに薫っていた。嬉しかった。ただ、一本は不思議である。花はあったが、黄色でなくて白い。金木犀でなく、銀木犀になっている。勿論同じ木である。こんな事があるのかしら。

自転車での通りすがりに黄色い花を一杯付けた木犀を見ることがある。辺り一面芳香が漂う。そうでなくても、どこからとも無く、この時期には木犀の香りがする。それを嗅いだだけで幸せな気分になる。

花の種類は違うが、お地蔵様に供えた百合の芳香も凄い。外ですらそうだから、本堂では、大げさに言えば部屋中におっている。お地蔵様のお花、菊が中心になるが、折角の花をナメクジが食べてしまう。よく、花に昇っているのを見るから間違いない。花びらを全部食べてしまうから、蕾のような格好になっている。菊の花びらは美味しいのだろう。

刺身のつまに菊の花が添えられている。これは単なる飾りでなく、食べられるツマなのである。あるとき、一緒に食事をした方が、花を醤油の中に入れて押さえている。そうすると花びらが取れる。それを刺身と一緒に食べるのである。この頃は、ただ菊みたいであれば良かろうというのでプラスチック製の物があるが、それは食べられない。念のため。

〔2017.10.11〕

解散総選挙

安倍首相は、野党の憲法に基づく国会開催の要求にはまるで耳を貸さず、九月二十八日国会を召集した途端に解散、いわゆる冒頭解散だった（これは憲法に何日以内に招集しなければならないという規程がないのをいいことに招集をサボったのである）。余程モリカケ問題で追及されるのが嫌だったのだろう。それで北朝鮮の脅威に対する国難打開の解散とのたもうた。消費税増税分の使途変更も解散の理由になっている。しかし、我々国民にとって見逃せないのは憲法改正を公約に掲げている点である。

新聞の投稿意見の中に、以前「バカヤロウ解散」というのがあったが、今度は殆ど意味のない、「解散バカヤロウ」だというのがあった。当たらずといえども遠からずである。

報道では選挙戦終盤に成っても選挙の盛り上がりに欠けているという。原因は、最初の頃の野党の離合集散も一段落して大方落ち着き先が決まったこともあるし、初めの頃有った国民の期待めいたものも急速に萎んでしまったことにもあろう。最近よく聞くのが、安倍さんは嫌だ、けれども受け皿が無く、結局自民党かという嘆きにも似た声である。安倍さん嫌いは内閣支持率にはっきり出ているけれども、自民党を選べば安倍さんが嫌いでも信任したことになる。これは野党の責任でもある。

今は知らないけれども、以前の自民党は、随分幅広い考え方の人々がいて、一度論議が始まれば甲論乙駁、人事が絡んでくれば、混乱して党が分解しかねないこともあったが、最後は派閥の親分達に任せて纏まった。そこが、少し前の民主党とは違った。与党としてのうまみもあったのだろうけれども、一寸の違いで別の党を作るなどということは無かった。

前の民主党や他の野党は少しの違いで別行動を取ってしまい、纏まって巨大与党に抗することが出来なかったし、今度の選挙を経ても果たしてどうなることか。

またまた結果的に同じだろうということで、海外での日本の選挙に対する関心も急速に薄れてしまったという。いいのか悪いのか、自民党のかつての派閥の争いが懐かしくさえ思えるのも困ったものだ。しかし、選挙はこれから、果てどうなるか?

台風21号が投票日前後に日本を襲い、選挙の邪魔をしに来た。

〔2017.10.18〕

飽食と北朝鮮兵士

新聞の投稿川柳（中日新聞2017.11.24）に13歳の人の「ミサイルで何の利益があるのやら」というのに目を引かれた。

折しも十日ほど前（11月13日）、南北朝鮮の休戦ライン板門店で北朝鮮兵が一人亡命を企てた。40発もの銃弾を浴び、瀕死の重傷ながら韓国軍兵士の匍匐前進による救助と病院の必死の手当により、銃弾は取り除かれ、意識も回復して、集中治療室から一般病棟に移ったというニュースがあった。治療に当たった医師の話では、沢山の寄生虫がいて、大きいのは27cmもあったという。極めて悪い栄養状態だという。

板門店に配置されている兵士は、一般兵士よりは思想堅固で優遇されているはずだという。その兵士にしてこんな健康状態、と言うことは一般兵士や国民全体の程度が思いやられる。それに比して、金正恩委員長は飽食状態、写真に写る誰よりもよく太っている。太るには食べなくてはならない。こういう人達には食物は行き渡っているのである。脱北兵士などの話では、軍隊でも食料は逼迫していると言い、民間の食物を盗むのが新米兵士の義務になっているということだ。

それでも、北朝鮮人民は黙っている。世界の情勢を知っているのか、大陸間弾道ミサイルの成功を喜んでいる。本心かどうかは分からない。戦時中の日本のことを思えば無理からぬ事かも知れない。

今、食べたいと思う物は何でも手に入り、自由に食べられる。不足することは多分無いような日本にいて（欠食児童・貧困状態の子供もいるけれども）、食事をしながら、本当にこれでいいのかと思ってしまう。

アメリカや日本、そしてまともな国の指導者達が言うように、政策を転換して世界の孤児の状態から抜け出し、援助を請うならば恐らく世界は歓迎して支援を惜しまないだろう。核兵器を幾ら作っても誰も幸せには成らないだろうし、ミサイルに幾ら資材を投げ込んでも人々は幸せには成らないだろう。本当に誰一人幸福には成らない。分からないはずは無かろう。

〔2017.11.26〕

オリンピックの日程

今日、10月10日、今年もほぼ全国的にいい天気になった。１９６４年の東京オリンピックの開会の日のことを思い出す。前日まで続いていた雨が止み、素晴らしい青空だったことを思い出す。そして素晴らしい季節の好天の中で競技が行われ、実際に会場で見た人もテレビで観戦した人も、多くの人達の共感を得たのであった。

ところが今度の２０２０年のオリンピックは、事もあろうに7月24日の開幕という。一体誰がそんな日程を決めたのだろう。一説にはアメリカの要望だと。仮にそうだとしても、この、一年中で最も暑い時期に開催しようとするのは、まともな神経ではない。

つい数日前、この時期外れの暑さの中でマラソン競技が行われ、選手が倒れて動けなくなっているテレビの映像を見た。7月下旬から8月上旬、日本の最も暑い時期だ。室内の競技はエアコンをフル稼働させればそれでも何とかなるかも知れないが、陸上競技を始め屋外で行われる各種の競技では気温調節などは出来ない。選手諸君にとっても、観客にとっても、運営に携わる人達にとっても極熱地獄だ。

この開催時期に関して、論議が行われたという事を寡聞にして聞かない。考え直すことは出来ないのだろうか。少なくとも私は個人的意見として、日本の素晴らしい秋のシーズンを外国選手にも、外国から観戦に来る方々にも満喫して欲しいと思う。若干、日暮れが早くはなるが、それは大した問題ではないように思う。秋天の下でのオリンピックならば、熱中症などの心配はあまり無いだろうし、オリンピック競技が済んだ後には、外国選手にも、外国人観戦者達にも、日本各地の素晴らしい秋を満喫してもらえるように思う。日本の秋にはそれだけの価値があると思う。果たして八月に終わった後では、一部には夏特有の観光はあるにしても、秋のような素晴らしい出し物があるだろうか。

何より、この、開催時期に関して一向問題にならないことが問題のように思う。皆さん、どう思われますか?

〔2017.10.10〕

ただ、今年の十月は、この原稿を書いたときには確かにいい天気だった。しかし、後は散々であった。週末ごとに天気は崩れた。特に後半、二週続けて台風が襲来した。明らかに、以前とは天候は大いに変化した。だから、軽々に前のオリンピックの時と同じ日程にして、同じような天気を予定していれば狂ってしまうだろう。いずれにしても、いい方には向かないような気がする。

〔2017.12.12〕

論文を控えた学生諸君へ

私が以前、修士論文や博士論文を書く場合、それに先だって、テーマを決定する必要がありますが、その場合、小さな、重箱を突いたような問題を設定するのではなく、先ず大風呂敷を広げよ、と言ったことがあったのを、何処かで聞いて覚えていた人が、そういうことを話せというので話しました。

それは、特別なことではありませんが、すこし解説します。論文を書くには、与えられた題で書くのでなければ、論題設定から始めなければなりません。その場合に、偶々出くわした小さな問題を取り上げるのではなく、たとい、実際にその扱うこと自体は同じであったとしても、心構えとして、その同じ事柄を大きな問題の中で扱えということです。というのは、何かある問題を見つけてそれについて調べて解決したとします。それはそれでいいですが、その問題が他と関係なく、孤立した物であれば、論文を書き終わったところで終わり。後に発展はありません。

大風呂敷を広げるとは、大きく見渡して、差しあたり出来ることは同じかも知れませんが、或る問題を色々な問題と関係有ることとして考えて行けということです。全体の中の一つの問題として考えよと言うことです。そうすれば、その問題を考えていく上でどうしても他との関係を考慮しなければ成りませんし、それについて論文が書き上がったとしても、必ず他に解決すべき問題が浮かび上がってくるはずです。つまり、その問題一つでお終いになるのではなく、発展性のある事柄になるのです。具体的な事について言わなければ単なる抽象論に終わるかも知れませんが、今、皆さんの関心について特別知っているわけではないので、こんな言い方しかできませんが、これでは些か呆気なさ過ぎますので、具体的に論文の構成はどうなるかということについて一言しておきましょう。

私の研究範囲について申し上げますが、他の分野でも大同小異だと思います。最初に問題の設定、このことが最初に有ればそれはもう幾分か出来たのと同じかも知れません。調べていく内に浮かび上がってくることもありましょう。次に、その問題に関して従来どういうように扱われてきたか、つまり、研究史を調べることです。いわゆる諸説を見てみることです。研究史を調べている内に自分の考えもはっきりしてきましょう。今までの研究で分かったことと分からないことがあるはずです。みんな分かっているなら、もう、初めから取り上げる必要はありません。何かしら今までの研究に飽きたらないところがあるからその問題を取り上げたはずでしょう。そこで、今までの研究で不足していたこと、分かっていなかったこと、自分はこう考えるということを纏めます。これでほぼ終わりますが、やはり問題は残ると思います。そのことを結びにしておけばいいと思います。つまり、分かったことと、未だ分からないことをはっきりさせておくことです。1．問題設定　2．諸説の検討　3．自分の考え　4．結び　です。

全て具体的問題から離れた筋道だけですが、こういう筋に沿っていけばほぼ、論文が纏まり、次への発展も期待できるでしょう。

〔2017.9.30　12.12補訂〕

真冬並み

今年は割合早くから寒さが厳しい。今、十二月初旬が過ぎたところであるが、連日、ラジオ・テレビの気象に関する報道では寒気の南下、前線の通過、西高東低の冬型の気圧配置の話、日本海の筋状の雲、ひいては最低気温・最高気温の事、札幌の真冬日、東海地方でも冬日の到来が告げられている。そして、その時、決まって「真冬並みの寒さ」とか、「真冬並みの気温」などと言われる。それも、何回も何回も聞く。

そうすると、今は冬なのに未だ真冬ではないのか、真冬はいつのことなのかと考えさせられる。恐らくは、二十四節気の寒とか大寒の時を言うのだろうと想像はするのだが、今が冬ではないのだというような錯覚（?）に陥ってしまう。いつになったら、この「真冬並み」という言い方が取れるか、観察してみよう思う。

それと共に、各地が冷え込んでいるのに、東京だけが暖かい日がこのところ時々ある。東京の知人が満員電車で汗が出ちゃったとか、ポカポカ陽気だなどという。その実、僅か数度違うだけなのだが、寒さに慣れた体には気温以上の暖かさを感じるのだろう。気象報道では、これを何月並みの暖かさだとか言う。その「並み」というのは平均気温のことを言うのだろうが、平均気温も時と共に違ってくるはずだ。我々に体感的に気温の状態を知らせようとする気象予報官達の努力の結果なのだろうが、個人的にも、環境によっても個々人の体感は違ってくる。それに、慣れということも関わってくるから、そう一律にはいくまい。一応、親切心の表れと理解しておくが、むしろ客観的に気温の数値だけ教えてくれればいいように思う。出来るならば、比較のために過去のデータも示してくれれば、それによって気温の状況を個人的に推定できるように思うが、いかがであろうか。

私は、この十数年、朝、裸になって四股を踏むことにしている。一応部屋の中でであるが、昨年までは、寒いときにも電気ストーブを使うことがあったが、やせ我慢でかなり寒いところでやっていた。気温は記憶に依れば低い時は6度くらいだった。ストーブをつけても室温自体は大して上がらない。熱線の当たっているところだけが暖かかった。それでも、四股の後では体が全体ポカポカした。今年になってやせ我慢はやめてエアコンを設置して、時間設定して作動するようにした。初め25度に設定しても、寒かった。ところが段々寒さが厳しくなってきてからは、22度で十分。以前10度以下でやっていたのに比べれば天国みたいだ。やはり、だんだん慣れてくるのだろう。今、エアコンをやめて以前の電気ストーブでは恐らくやれないだろう。体の慣れということが、色んな場合にかなり重要なポイントに成るように思う。

〔2017.12.12〕

約束

この頃、私はトレーニングジムで、パーソナルトレーニングを受けている。この場合、前もって日時をトレーナーと約束しておかなければならない。約束して、それに従ってその時間に行って指導を受ける。

このパーソナルトレーニングの利点はトレーニング方法を正しく教えて貰えると同時に約束の時間には必ず行かなければならないということだ。費用は当然掛かるが、そうでない場合、自由に行って自分の好きなように練習するのとは色々違う。個人的に自由に練習するというのは聞こえはいい。それで出来る人はそれでいい。しかし、普通の人の場合、一応の説明は受けても、練習方法、練習のフォーム、時間や回数・強度など中々上手くいかない。下手をすると間違ったやり方をして、効果がないばかりか、却って怪我をしたりもしかねない。

今、私は、パーソナルトレーニングの最大の効果はトレーナーと約束をするということだと思っている。

自分一人のつもりではやろうと思っていたことも、その時になると何か都合が悪くなれば簡単にやめられる。約束が有ればそれは出来ない。そんなことをしたらあとが続かなくなってしまう。

基本的には同じ事だが、論文の締め切りというのも良く似たもののように思う。退職して論文を書くよう強制されることもなくなり、したがって締め切りというものが無くなると自分では投稿しようと思っていても強制もされないし、締め切りもない。そうすると、「ま、今回はパスしておこう」と言うことになって中々論文そのものが書けなくなってしまう。締め切り効果である。

徒然草に何か習い事をする場合には内緒でするのでなく、人々に公言してやれと言うような趣旨の段があった。これも同じ事だ。人に言ってあれば矢っ張り目に見える成果を上げる必要があるが、そうでなければ、上手くいかなければ黙っていればいいので、結局は大成しないのである。兼好法師の観察は誠に鋭い。

〔2017.12.12〕

種子法廃止

農と食のあり方を左右する法律の廃止である。あまり、巷間でもマスコミ界でも話題になっていないことであるが、よく考えるとかなり大変なことがありそうである。

国民の批判や懸念を頭から無視し、道理も大義もない政策を次々と推進する現在のアベ政権をまさに象徴している。

この問題に関するある集会で、京都大学大学院経済学研究科の久野秀二教授（国際農業分析）が「大義なき主要農産物種子法の廃止――公的種子事業の役割を改めて考える」と題して講演をした（2017.4）。

久野教授は種子の位置づけを「もっとも基礎的な農業資材。種子のあり方が農と食のあり方を左右し、農と食のあり方が種子のあり方（品種改良）を規定する」と強調した。

その種子のあり方は、農民による育種から政策としての公的種子事業へと発展してきた。

主要農産物種子法（以下、種子法）は昭和27年、「戦後の食糧増産という国家的要請を背景に、国・都道府県が主導して、優良な種子の生産・普及を進める必要があるとの観点から制定」された。これは、国会に提出された種子法廃止法案について農水省が作成した概要説明資料の記述である。まさに

「国家的要請」として、公的種子事業が制度化されたことが示されている。

この種子法によって稲・麦・大豆の種子を対象として、都道府県が自ら普及すべき優良品種（奨励品種）を指定し、原種と原原種の生産、種子生産圃場の指定、種子の審査制度などが規定され、都道府県の役割が位置づけられた。

では、なぜ廃止されることになったのか。

「地方公共団体中心のシステムで、民間の品種開発意欲を阻害している主要農産物種子法は廃止する」と問題提起されるが「この法律のどこが具合が悪いということについて、もう少し詳しい説明をされたほうがいい」との意見が有るくらいで、それ以上の議論はない。

この法律廃止の趣旨説明で農水省の山口総括審議官は、▽世界的にも戦略物資として位置づけられているので民間事業者によって生産供給が拡大していくようにする、▽都道府県と民間企業の競争条件が対等になっていない。奨励品種制度などはもう少し民間企業に配慮が必要、などの理由を挙げ、「ということで、今回この法律自体は廃止させていただきたい」と説明した。

この真の狙いは種子ビジネスの攻勢である。

農水省の説明について久野教授はいくつもの疑問点を指摘し批判した。

そもそも種子の生産の拡大を強調するが公共育種によって不足しているわけではないこと、国家戦略として位置づけるのなら民間に任せるのではなく、より公的な管理が重要になるはずではないか。

そしてそもそも生産資材価格の引き下げがテーマだったはずなのに、低廉な種子を供給してきた制度の廃止は、種子価格の上昇を招くのではないのかというものだ。

いろいろな疑問がある。種子法廃止法案を国会に提出した際の理由である。それは「最近における農業をめぐる状況の変化に鑑み、主要農作物種子法を廃止する必要がある。これが、この法律案を提出する理由である」という意味不明な一文だ。

企業は利益の二重取りをすることになる。

廃止にともなって、国や都道府県が持つ育種素材や施設を民間に提供し、連携して品種開発を進めるという。しかし、それは公的機関が税金を使って育成した品種という国民の財産を民間企業へ払い下げることになる。外資の参入は、官民連携という名の国民財産の払い下げが行われるのであれば話は違ってくるだろう。

さらに都道府県が開発・保全してきた育種素材をもとにして民間企業が新品種などを開発、それで特許を取得するといった事態が許されるのであれば、材料は「払い下げ」で入手し、開発した商品は「特許で保護」という二重取りを認めることになる。

結果的には、種子法廃止は「モンサントの遺伝子組み換え作物」の規制緩和になり得る。すると、既に一部の国で行われているように、「種」を毎年買わなければならない状態になる。次の世代はその種から育った実からは出来ない仕組みになってしまっている。仮に出来ても、それを使うと特許を犯すということになって訴えられかねないという悲惨な状態になる。お負けに、植物は自然に交配してしまうから、固有の品種も冒されてしまい、めちゃめちゃな状態になってしまう。一旦、こうなったら後戻りは出来ない。食の安全を脅かすというのはこういう事だ。

もう既にこの廃止は僅かな審議時間で可決されてしまっており、18年には施行される。この危険性を強く知らしめていかなければならない。

〔2017.12.13〕

予防医学

日本の健康保険は制度としては素晴らしいものがある。今、アメリカでオバマケアをトランプ政権が廃止しようと躍起になっているが、誠に大国アメリカとして情けないことこの上ない。

日本でもこの健康保険制度維持は財政的には大変なようである。少子高齢化がそれに輪を掛けている。毎年のようにかなりな費用の増加が続く。高齢者を75歳以上を後期高齢者として別の制度として運用し、保険料も別立てである。この意味は私にはよく分からない。

何よりも解せないのは、この健康保険は病気にならないと役に立たない。わざと病気になるわけにはいかないが、体の痛みを止める湿布薬などは痛くなくても痛い振りをして貰う人が居るという。そんなけちなマネはいただけない。しかし、とにかく、健康維持のためには役立てられない。健康診断なども病気が見つかってその治療には使えても、健康診断自体には使えないのである。

考えてみれば不思議な制度だ。健康を維持できる人が増えれば全体の保険財政は改善するはずなのだが、その健康維持のためにこの保険が使えないのである。変な話だ。病気は予防してこそ意味があるように思う。病気にならないようにすることが肝腎なのだ。

なのに、健康保険は病気にならなければ使えない。

以前、年間を通じて健康保険を使わなかった人が、何か恩典があったときがあった。その時、病気になっても医者に掛からなかった人が居たが、本末転倒だ。必要に応じて使えばいいのだが、私が声を大にして言いたいのは、予防ということに使えるようにして欲しいということだ。ただ、その予防も事によりケリである。初期的には多少出費が増えるかも知れないが、長期的結果的には病気が減り、保険財政にも資するはずである。

何故、病気予防に保険が使えないのだろうか。かねてから、不思議に思っている。〔2017.12.13〕

木造船漂着

この冬、日本海側の各地に北朝鮮からと見られる木造船が、無人であったり、有人であったりして漂着している。今朝のニュースではこれまでに83隻になり、45人と何人かの死体が見つかったという。他にも、遺体が流れ着いているという。大抵はハングルが書いてあったり、金日成或いは金正日のバッヂなどが発見されたり、付いていたりするから、ほぼ北朝鮮からの物と推定されている。

中には、10人も乗組員が居て、北海道の無人島に上陸して、そこに日本の漁民が漁業基地として、小屋を設置し、その中に色々な機材を入れてあった建物に鍵を壊して侵入し、電化製品や発電機を盗んだり、他に金気の物はドアのノブや蝶番まで外してしまってあり、小屋の室内はめちゃめちゃにしてあった。その内3人は窃盗の疑いで逮捕されたが、後の7人は、一時、係留された。ところが、係留してある綱を切って脱走しようとしたが、結局は捕まり強制送還という。彼らは漁民を装ってはいるが、軍人上がりらしい。尤も、武器はなかったと言う。

この件はかなり詳しく報道されているから、その経緯が分かるがあとは余り詳しいことは知らない。ただ、壊れかかった木造船の写真や、積んでいる荷物などが見える程度であるが、よくも、こんな船で日本海の荒波を越えてきたものだと思う。死にものぐるいなのだ。恐らく、捕まった連中、送還されればノルマを果たしていないかどで無事ではあるまい。

なんでこんな危険を冒すのか。聞くところに依れば、沿岸の漁業権は金のために中国に売って、自国の漁民は日本海の遠く或いは日本の漁場に追いやられているという。北朝鮮の漁民も、日本の漁民も堪ったものではない。

さらに、その船の撤去や処理のためにかなりの税金が使われている。これも、日本国民にとって堪ったものでない。

北朝鮮の国民は、そこまで追い込まれているのか。核開発・ミサイル開発をやめて国際社会の援助を仰げば恐らく、それをすげなく断る国も無かろうと思うのだが、北朝鮮の指導者は何を考えているのだろう。

〔2017.12.14〕

得票率

今回の総選挙で、自民党が圧勝したように言われていますが、棄権者をも含む全有権者の中での得票割合を示す絶対得票率でみれば、自民は比例代表選挙で16・99％、小選挙区で24・49％に過ぎません。

自民党は、今回の総選挙で、小選挙区は得票率48％で76％の議席を獲得しました。総得票数は２０１２年の前回選に比べてわずかながら減少し、有権者全体に占める得票割合、絶対得票率は24・49％、約25％です。

小選挙区で落選した候補に投じられて議席に反映されなかった「死票」は２５４０万票で、全体の48％にも達しました。

前回、前々回の総選挙同様、得票率と獲得議席数が大きく乖離する小選挙区制の矛盾が如実に現れています。

得票率に比例して獲得議席数が決まる比例代表選挙での自民党の得票率は33・1％、絶対得票率では16・99％に過ぎません。

『日本経済新聞』も12月15日付夕刊で、「自民、得票率48％で議席76％ 得票数は微減 小選挙区制の特性を映す」という記事を載せています。

なお私はどなたが書かれているのか知りませんが、また今回、沖縄を除いて野党共闘に非協力であった日本共産党に対する評価には異論もあるかもしれませんが、「憲法とたたかいのblog」というブログには、今回の総選挙結果についての詳しい分析が載っています。

〔2017.12.29〕

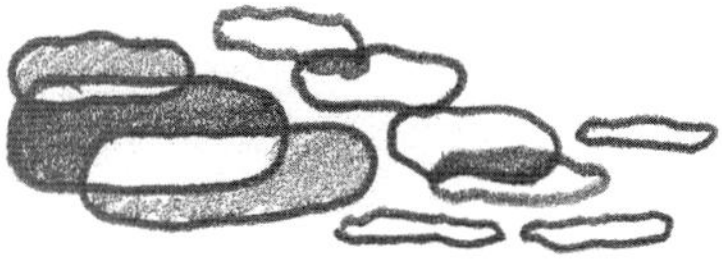

人を陥れる

一月十日には仲間を陥れる行為をした人のニュースが偶然続いた。やりきれない思いをした。

一つは、カヌー・スプリントの日本選手権で仲間でありライバルである年下の選手の飲み物に禁止薬物を混入し、それを知らずに呑んだ選手がドーピング違反で4年の資格停止処分を受けた、という事件。具体的には、昨年九月にあった試合の折、年上の鈴木選手が、仲間の7歳年下の小松選手の飲み物に筋肉増強作用のある薬物を混入し、試合後の検査で小松選手に反応が出て、暫定的に資格停止処分を受けたということだ。二人は仲間としておたがいよく知った仲で、このことについても、小松選手は鈴木選手に事後の事について相談していたという。鈴木選手にオリンピックに出たいが、負けそうだという焦りがあったようであるが、仲間の強くなっていくのを喜びこそすれ、焼き餅を焼いてとんでも無いことをしでかしたものだ。ただ、新聞のコラムにもあったが、鈴木選手が、自分の非を認め、謝罪していることだけは唯一救いであった。それにしても、馬鹿なことをしたものだ。

もう一つは、会社の元同僚に水銀を混入した加熱用のタバコを与えて、それを吸った方が頭ががんし、呂律も回らなくなったりしたということである。水銀と聞いたときには死を覚悟したとも言っている。よくも、元の同僚をこんな事をして殺そうと思ったものだ。原因は金銭に関することで、げに恐ろしきは金である。
仲間を裏切ったということではいずれも卑劣極まりないが、水銀の方は命に関わることである。こんな事を真似る人が出ないようにしたいものだ。未だ、水銀が手にはいるのだということもこの事件で知った。

〔2018.1.11〕

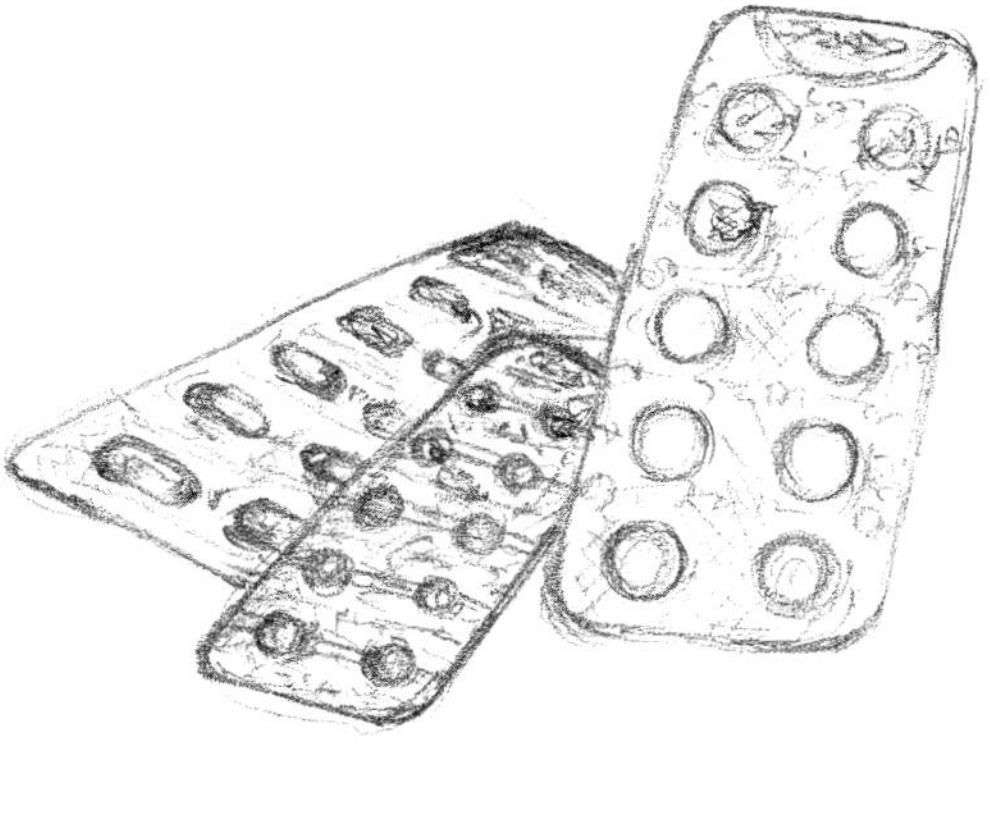

不可逆的ということ

韓国ではこの言葉は正しく理解できないようです。慰安婦関係のテレビを見ていて、日本政府は不必要にも何回も謝罪しています。これを心からの謝罪でないというのなら一体何が心からの謝罪なのか。河野官房長官（だったと思うが）の謝罪、何でこんなに言う必要があるかと思えるくらいの言葉です。不可逆的合意をしたときの岸田外務大臣の言葉も丁寧な謝罪でこれでいけないというのなら、もう正にマネイジメント不可能と言うほか有りません。つまり、言葉が通じない、約束が守られないということで、将来もこうならもうお付き合い不可能ということなのでしょう。

それに、合意に基づいて日本政府が拠出した10億円は使わない、韓国政府のお金を使うという、一体どういう意味があるのか、お金に名前が書いてあるのか。そのお金を日本に返すのなら分かるが、それは返さないという。ますます意味不明だ。以前の日韓合意の折、日本は当時の外貨準備の3分の1にものぼる8億ドルを拠出した。それはいろんな保障を含めた額だった。それを韓国政府は着服して韓国国民の受け取るべき人達に渡さなかったのが以後のいろんな請求の原因になっている。それを政府の事業に使ってしまった。それはある種の韓国政府の不正行為である。

韓国がそれで発展したのはいいのであるが、その時既に日本が保障した物を渡さなかったために後から後から請求、それを裁判所が認めるというのでは堪ったものではない。韓国の色々な言いがかりに対しては日本人の多くはげんなりして、またか、と思っている。

〔2018.1.11〕

英字ナンバー

中日新聞、昨日の夕刊のトップの見出し「英字ナンバーあすにも交付」とあり、「一番乗りは名古屋かも」とあった。見本として、「名古屋３ＡＣ／そ12-34」が掲げられていた。これを見て何とも思わぬ方が多いのだと思う。しかし、私は以前からの違和感が言いようもなく強まった。何がか。「英字」がである。多分「英語の文字」の意味だろう。ここまで言えば成る程と思われる方も出てくるはずだ。ここで「英字」は、この「ＡＣ」を指すのだろう。確かに英語に用いられる文字である。しかし英語にだけ用いられ文字ではない。この「そ」を日本語の文字と言うのとは訳が違う。

普通にはローマ字という。それでは字数が多いから使わないのだろうか、それともほんとに英語の文字と思ってこう書くのだろうか。

この記事は、こんな事を書く切っ掛けになったに過ぎず、いろんなところでこのローマ字を英語の文字と言ったり、書いたりしていることが多い。皆さん、多分お気づきだろう。

これを英字などと言うのは、勿論英語に使われる文字であると同時に、英語が最も身近で親しまれているということがあることは分かる。しかし、だからといって、英字というのは正しくはなかろう。新聞一面大見出しに堂々と出るべき物ではないように思った次第である。

〔2018.1.18〕

スポーツと政治

古代ギリシャ時代、戦争を一時中止してまでオリンピックを開いたと聞いたことがある。近代オリンピックも政治とは一線を画して人々の融和を思い描いて始められたもので、勝負はともかく、参加することに意義がある、国家には関係ないものとして始められたはずである。しかし、現在見るオリンピックだけでなく過去のオリンピックも、元々の精神から逸脱し、踏みにじっていることが多いのも事実である。

ドーピング問題、いわゆるステートアマ、プロアマの区別撤廃など、その他金銭に関わる問題山積。誘致に関しても種々問題発生。

今回の平昌での冬季オリンピック、開催一ヶ月を切った時点での北朝鮮の参加表明、その後の協議を経て南北合同のアイスホッケー女子チームの出場が、国際オリンピック委員会で承認された。いろんな規程に照らせば出来るはずもないことが、平和のためという金科玉条によって例外ずくめの決定だった。

その後、この合同チームの構成や作戦をめぐって韓国国内では賛否両論、甲論乙駁の状態。何が何でも北朝鮮を参加させたい文大統領の強引なやりかたが反発を買っている。オリンピックの政治利用そのものである。一方、北朝鮮もこの大会を安全に開催できるようにしたとはいえ、その間を使って一層の核開発、ミサイル技術の向上を図っているに相違ない。南北協議の間に、核・ミサイル問題は一切出て来られなかった。外交的には韓国の一方的敗北である。北朝鮮は、オリンピックを人質に取っているのである。

スポーツ交流が、外交交渉に一役買ったことはある。いわゆるピンポン外交、日本と中国の間を取り持った。今回のアイスホッケーが何かの成果を生むだろうか。アイスホッケーという競技は中々選手交代などチームワークを必要とするスポーツのようであり、俄仕立てのチームで戦えるのだろうか。聞けば、過去に南北統一チームが結成されたことがあるが、選手間の軋轢が随分あったようである。それは当然だと思う。

政治に翻弄されるスポーツであるが、何はともあれ、プラスの成果が醸成されることを期待したいのだが……

〔2018.1.23〕

思い知りました

六十歳の時、それ以前の仕事漬けと運動不足とがたたって居ても立っても居られぬほどの肩の痛みをはじめとする体中の不具合が吹き出てきた。

一念発起して、近くにオープンするという空手道場を訪ねて、エイヤッとすれば多少なりとも体がすっきりするかと聞いた。すると、「いいと思うよ、来い」と言われた。空手のカの字も知らない私なので、それを言うと、オープン前に特訓をしてくれた。どのくらいの期間だったか、はっきり覚えはないが、一、二週間だったように思う。その間に忘れられないことがあった。全部書くとそれだけで終わってしまうので、そのさわりだけを書く。

他でもない、アメリカの同時多発テロから丁度一年前の２０００年9月11日、この日は卒業生の博士学位審査の口述試験があった。雨が酷かったので、私は終わるやいなや直ぐ帰宅の途についたが、自宅近くの道路はもう既に十数㎝は冠水していた。それ以上になるとは思いも寄らなかったので、支度をして道場に行った。二時間ほどして外を見れば、道場の入口近くまで水が押し寄せている。ズボンをたくし上げて帰ったが、そこここのビルからは勤め人達が、途方に暮れた様子で立ちすくんでいた。帰宅した頃、寺の庭も既に30㎝ほど冠水していた。予報も聞いていなかったのだろうか、大したこともないと思って早く寝てしまったが、翌朝の新聞で記録的豪雨であったことを知った。このことは更に書き出すときりがないので、ここでおく。

その後入門し、3年ばかり通った。型が中々覚えられなかったし、年寄りは試合には出られなかったということもあり、また師範の言動に疑問を感じて辞めてしまった。しかし、週に一回来て、整体などしてくれた最高師範には色々教えられた。当時、私は胴回り95㎝有り、血圧も高めだった。それでウォーキングを勧められた。毎日40分、早足で歩いた。近所の奥さんに家内が「お宅のご主人何やってるの?」と私の早足をいぶかしんだらしい。丸2年続け血圧は正常になり、胴回りは一時70センチになった。今は共にリバウンドしているが、初めの酷い状態までは戻っていない。

その内に相撲を始めた。以前からやりたかったが、それまで機会がなかった。インターネットのお陰で、名城クラブというアマチュアの相撲クラブを見つけて尋ねた。案の定、最初は入会を断られたが、熱心に頼んだ結果、それでは試しにやってみますかと参加させて貰い、今に至っている。途中一度引退を宣言して、送別会までして貰ったが、また、良かったらいつでもおいで、という甘言に乗って、今まで続いている。一度辞めると言ってからの方がもう倍の期間になっている。

２０１３年、二度の務めも完全に終わった。その五月から、近所のトレーニングジムIlexに行きかけた。翌年には今評判のRIZAPにも通うようになった。RIZAPはコマーシャルで見るような痩せるためではなく、むしろ体重をほぼ一割増やした。いまもIlexと、RIZAPのインストラクターの独立したBelionというところに通っている。この頃はフリーで行ける所では中々キチンといけないので、パーソナルトレーニングの約束をして行っている。両方で週三である。閑人の筈が結構忙しい。毎年九月に開催される富山県高岡市の伏木相撲大会には縁を結んで毎年参加させて貰っている。ここでも最高齢者である。

一昨年八月、『相撲』誌にアマ相撲のレジェンドなどと片腹痛い紹介をされた。これを切っ掛けに、大分のレスラー安藤さんからレスリングの試合を申し込まれた。レスリングなどやったこともなかったが、根が好きなので断らずに受けた。それ以後、毎月、わざわざ大分から来てくれる安藤さんとレスリングの練習。昨年は安藤さんに勧められても断っていた全日本マスターズレスリング大会に今年はとうとう出場。よく分からないまま終わってしまったが、この雰囲気に浸れたことは収穫だった。今後の出場は未知数だ。

そんな中、この二月二日の夜、どうしたか全くどう考えても分からないのだけれども室内で転んで、したたかに左大腿部、左肘、顔面左を強打した。暫く立ち上がることも出来なかった。その後、保冷剤でアイシングして寝た。翌朝も何とか立ち上がれた。私の信念の逆療法、自転車でかなり遠くまで月参りに出かけた。それは無事に済んだ。ところが、今日になっても痛い。昨日は坐れたのに今日は痛くてどうしても坐れない。痛いのはほぼ大腿部だけなのだが、歩くのに難儀、階段の昇降に一大決心が要る。

考えてみると同年代の者が同じ事をしたらひょっとしたら骨折入院、挙げ句の果てには認知症発症などということにも成りかねない。母が座っていていざっただけで大腿部骨折、入院、即、認知症ということがあったので、身につまされた。今はまともには歩けない。若い若いなどと言われていても、歳は歳、はっきり思い知りました。

〔2018.2.4〕

「はれのひ」と仮想通貨ＮＥＭ

今年になっても心躍るような嬉しいニュースは殆ど無い。これから、冬季オリンピックの話題が色々あろうが、今は北朝鮮に乗っ取られたような感じさえする。

それはともかく、今年の成人の日に楽しみにしていた晴れ着を着られなかった新成人が居た。どれくらいの人数なのか、正確には分からない。この晴れ着のレンタル業者「はれのひ」が成人式当日になって、会場になっているホテルに注文された成人式用の晴れ着を届けなかったのである。これには、既に代金を払って買いとった人や、貸衣装として借りる人の両方有ったようだ。その会社に連絡が取れず埒が明かなかった。二週間以上経って社長が現れ記者会見して謝った。しかし、成人式の日は過ぎてしまっている。この会社は規模の拡大にともない、資金が不足し、以前から負債が貯まっていたらしい。数億という単位である。既に来年や再来年の予約をしている人まで居るとは驚きだった。

ただ、この晴れ着を当日着られなかったことを気の毒に思って、ボランティア式に衣装を貸すことを申し出る業界の人達もあり、時期はずれてしまって、六日の菖蒲、十日の菊の様なところもあるが、一縷の光明ではあった。この被害にあった新成人には何の落ち度もないのだから、同情に値する。何でも気をつけなければならない世の中になったものだ。

コインチェックという仮想通貨取引業者の預かっていたNEMという仮想通貨が、その時点の時価で５８０億円分流出したという。私には一体何がどういう風に起こっているのか皆目訳が分からない。その後、損失については、その時の相場で４６０億円を自己資金で弁償すると取引会社は述べた。それは結構なのだが、そんな資金があるというのも一寸中々簡単には理解できない。公の機関が財務調査を行ったのも宜なるかなである。

その流出した仮想通貨がどうなっているのか。一部には北朝鮮関係の仕業だという事が言われている。何でも北朝鮮という感じだが、そうなのかも知れない。ただ、その流れは分かっているそうで、換金すれば何処でしたかは分かるのだそうだ。これも私にはよく分からない事だけれども、取り返せるものならば、取り返して欲しい。

そもそも仮想通貨というのは、その価値を保証する物は何もないのだそうで、言わば単なる数字に過ぎないらしい。決済のために調法だというのだけれども、不思議と言えば不思議なものだ。私などせいぜいビットコインなどの名前は知っていたが、今回の騒動で何十種類も有ることを知った。それは決済手段というより、むしろその値上がりを期待した投機になっているようであり、現にこのビットコイン、昨年中に価値に十倍も差があったという。そのため多くの人がそれに群がっているのである。今回のＮＥＭで騒ぎに巻き込まれているのが26万人というのも、メインではないというのに、一寸した数である。

〔2018.2.7〕

フジモリ元大統領

12月24日（２０１７）ペルーのフジモリ元大統領は、25年の禁固刑を受けて収監されていた刑務所から進行性の不治の病に侵されており、収監は生命に関わるという人道的見地から恩赦が与えられた。既に12年拘束されていた。

この日系人大統領、アルベルト・フジモリ氏は１９９０年6月に大統領選でペルーの大統領になった。日系人として初めての大統領である。当時のペルーの状況は、私の記憶ではセンデロ・ルミノソと言うテロ集団が跳梁していた極めて治安の悪い混乱の極にあった国だった。その他の詳しいことは覚えていないが、経済的にも不安定な所であったようである。

フジモリ氏は大学教授から大統領選に出馬し、ダークホースながら、本命の候補マリオ・バルガス＝リョサの新経済政策が疑いの目を持ってみられ、結果的にエスタブリッシュ層も味方に付けて、東洋人として初めての大統領になった。

数学者でもあったフジモリ氏は極めてあたまの切れる人だったようで、ＩＭＦの指導の下、前政権の下で疲弊し混乱していた経済を立て直した。大統領としての手法はかなり強引であったようだ。そのことは日本では余り報じられていなかったが、自己クーデターなる事を行って、議会を解散してしまった。当時の議会は革命人民同盟と右派連合・民主戦線の二政党が上下両院を支配していた。自身の政策を円滑に進める為の新法を望んだフジモリ氏は自己クーデターを実行、大統領の権限を強化し、政府と国会の改革を断行した。

国内ではこれに反対する動きは殆ど無かったが、国外の反応は厳しかった。世銀は貸し付け計画を延期し、アメリカに次いで、ドイツ、スペインも援助を中止した。南米各国も大使を引き上げたり外交関係を停止したり、米州機構からの脱退を求めたりした。

しかし、2週間後、アメリカブッシュ政権はフジモリ氏をペルーの元首として認め、米州機構もペルーが以前の混乱に回帰することを嫌い、フジモリ大統領自身、前ガルシア政権に端を発するカオス的混乱を終息させるためにはこのクーデターが必要であったと述べたのである。

当時の識者は、このクーデターによる国会解散が無ければその後の改革は不可能だったろうと見なしていた。

その後、我々日本人にとって忘れられない出来事があった。96年12月、トゥパク・アマル革命運動による日本大使公邸占拠人質事件である。これは翌年4月ペルー軍コマンドの公邸突入によって解決したが、その頃から、前々年大統領選に圧勝したフジモリ氏も、その独裁的権力に対して批判が高まっていった。

三選を禁じる憲法を、第一期は旧憲法下での事として、三選を目指し、最高裁も支持した。ただ、選挙は第一回目には過半数をえた候補がおらず、二回目の投票は、問題のある中で強行されて三選を果たした。

その後、2000年11月には、ブルネイでのAPEC首脳会議出席のために出国し、帰途来日、ペルー政府に大統領辞任を申し出た。ところが、ペルー国会は辞任を受理せず、「精神的無能力」を理由に罷免した。

01年には、ペルー司法長官がフジモリ氏を殺人罪で起訴し、日本にフジモリ氏の引き渡しを求めたが、日本政府はフジモリ氏が日本国籍保持者であるという理由で日本滞在を問題なしとした。05年、翌年行われる大統領選立候補を目的に日本を離れ、チリに向かったが、チリ警察に逮捕され、色々な経緯があるが、最終的に禁固25年の判決が確定していた。

その恩赦は刑期の途中の出来事であった。

この報に接して、以前から関心を持っていた私は、ホッとした気持ちになった。

〔2018.1.24〕

ただ、このことを切っ掛けに政界入りしているフジモリ一家のケイコ氏とケンジ氏が仲違いしたとかいうニュースがあったが、残念なことである。

〔2018.2.11〕

合意を守る

今朝（2018.1.30）、朝のニュースを聞いていて思わず吹き出してしまった。

このほど、北朝鮮との会談で合意した冬季オリンピックに付随する事業として、北朝鮮の文化使節団が韓国で催しをすることになっていて、その準備が進んでいた。ところが、急遽、北朝鮮からの連絡で中止することになったという。その理由は韓国メディアの所為であるといつもながら他に責任転嫁している。

それに対して韓国側は「合意は必ず履行されねばならない」とどこかで聞いたようなことを言っているという。本当にそうだけれども、韓国政府のやっていることに照らし合わせてみると吹き出さざるをえないのである。読者の皆様も恐らく同意されることと思う。

もう二年も前のことだったように思うが、例のいわゆる慰安婦問題に関して日韓政府は「不可逆的最終合意」に達して、それによって決められたことは、日本政府は着実に行った。それに対して、韓国政府は、言を左右にして、相変わらず合意事項を守っていない。あまつさえ再交渉をすら言いだしかねない状態である。「不可逆的」などと言うことまで言って交渉を纏めたのにである。言葉の意味が理解されていないとしか思えない。

こんな状態では、日韓関係はマネージメント不可能だと言った外務大臣の言が耳に残る。
それにしてもよく言った、「合意は守られねばならない」と。

〔2018.1.30〕

その後、それに関する報道に接していない。どうなったのだろう、合意は守られたのだろうか。

〔2018.2.11〕

本末転倒

アメリカでは学校の中での発砲事件が、今年になってもう何件も起きているという。

日本時間2月15日午前4時半頃アメリカ・フロリダ州南部パークランドの高校で発砲事件が起きた。17人の生徒が死亡、怪我人も多数居る。

これに対して、事件から２日経った16日、同じパークランド市内にあるサウスブロワード高校の学生達は、授業をボイコットして事件に抗議した。学生達は手書きのプラカードを掲げ、「政治家に責任がある！」「ダグラスに正義を！」「子供達を守れ！」といったスローガンを連呼した。デモの現場を通りかかった車も、クラクションを鳴らしてそれに応えた。デモに参加したサラ・ロドリゲスさん（16）は、プラカードに「ＮＲＡはテロ組織だ！」と書いて抗議した。集票力のある全米ライフル協会（ＮＲＡ）の意向を受けて銃規制に取り組まない政治家達に、生徒達は怒りをあらわにしている。しかし、学生の大半はまだ選挙権がない。

アメリカでは先月、ケンタッキーの高校で銃乱射事件が起き、生徒２人が死亡するなど各地の学校で銃による事件が相次いでいる。

トランプ大統領は、この事件の遺族や学生達と面会し学校の教師に訓練を受けさせ銃を携行させるという提案に賛意を表明した。また、簡単に銃が買えるのかと問題視する向きに対しては、購入者に対する犯罪歴の調査など身元調査の強化に取り組むとした。

大統領は、決して、銃規制などということは言わない。

全米ライフル協会は、銃の脅威には銃武装で対抗するしかないという。

何か変ではないか。

先生が銃をちらつかせている学校、今度は先生がいつそれを使わないとも言えないのがアメリカの昨今の状況ではないか。世界中でこんな事が起こるのはアメリカだけだということをキモに銘じておかねばならない。

その舌の根が乾かぬうちに教師が発砲したというニュースが新聞に載っていた。

〔2018.2.23〕

私の仏教――返信

以前、我々坊さんの仲間で、或る知らせに対して、承知ならば一切返信もせず、不都合ならば断りの返事をする、返事のないのは承知したものと見なされる、という習慣のあることを述べたことがある。言わば、返信しない文化である。

ただ、私はこれに些か違和感を抱いている。

最近読んだサプリ関係の雑誌の記事にこんなのがあった。友人から「○日あいてない？」とメールがあったので「空いていますよ」と返信したところ、その後なしのつぶて、そしてその日になって「今日、○○で待っています」とメール、「あれから連絡がないので用事を入れた」と返信したら「ずっと楽しみにしていたのに」と返事があったというのだ。

これを見て、やはりしかるべく、時宜に応じて返信をすることの大切さを感じた。日常的にもこんな対応をする人が居ないわけではない。しかし、そういう人は中々良好な人間関係を築くことが出来ないのではないか、言わば独りよがり、自分だけは分かっていても、人にそれを伝えていない、したがって相手とのコミュニケーションがキチンと整っていないということだ。

最初に書いた「返信をしない文化」は、その当事者間で暗黙の了解、おたがいの信頼があってのこ

とだと思う。

しかし、今日普通の社会では複雑に入り組んだ人間関係と多様な社会、そこでは、言わずに済ます、暗黙の了解などということは、相手の不信を招きこそすれ、決して良好な関係は結べない。話は飛ぶけれども、昨年来の大相撲界の不祥事、もめ事、貴乃花親方に対する不信など色々ある。貴乃花親方の言わんとすることは見当が付かないわけではない。しかし、ご本人が、はっきり物を言わないということが、ネックになっている。自分が考えることは、賛成する人にも反対の人にも等しく言って周知すべきである。若し、親方がそうしていれば、あの展開も相当変わってきたように思う。

また、話を戻す。常々感ずることであるが、手紙に対する返信のないこと、連絡メールに対して返事のないことの多いことである。勿論返信不用の場合もある。そうでない場合も多い。更に手紙に対する返事や、何か物を届けた場合の返礼をメールで済ます人が多いことに対する違和感である。私は、古い人間なのだろう、メールは単なる事務的連絡等に対してなら、それでいいと思うけれども、お礼を言う場合などはやはり不適切であるように思えて成らない。葉書一枚でいい、返信が欲しい。決して、お礼を求めるのではない、ただ、受け取ったという一言でいいのである。

この文を読まれる方の中には、反発される方もあろうかと思うが、私はそう思うということを申し上げておきたい。

〔2018.2.25〕

私の仏教 ―― 煩悩即菩提

大学生の頃「国文学と仏教」という題の国文学演習で、源氏物語蛍の巻が当たった。そこには「仏のいとうるはしき心にて説きおき給へるみ法も方便といふことありて…いひもてゆけば一つ旨に当たりて菩提と煩悩との隔たりなむ、この人のよきあしきばかりの事は変わりける。…よく言へば、すべて何事も虚しからずなりぬや」というような文言がある。その前後を含めてもなかなか難解で、学生時代の当時これが分かったとはとても言えなかったし、今読んでも難しい。

最近読んでいた物に、煩悩を一つ一つ除いていって悟り・菩提に至るのではない、煩悩の中に菩提を得るのであると。これだけ言っては「煩悩即菩提」と言うのも恐らく同じ事だろうけれども、私は、これを読んで、ああそうかと思えてきた。人間は煩悩の塊というと言い過ぎかも知れないが、人間に欲はつき物、欲の無いような人は無かろう。お釈迦様も無欲になれとは言わない、少欲をという。欲が無くては生きていけない、欲は煩悩である。欲があるのは仕方ないのである。それが現実である。現実を認めなければならない。

現実を現実と認めること、そこから始めなければならない。有りの儘を有りの儘に認めることが大切である。そこにこそ悟りがある。ああそうか、そういうものかと認めること、それこそが悟りである。悟りを得れば世の中が有りの儘に見えてくる。それが悟りである。

俗に、悟れば欲が全て消えて何もかもがすっきりすると思われているようだ。しかしそうではない、欲があり、もやもやしている世の中はそのまま、それが当たり前のことだと思えることこそが大切なのである。悟りはこういう迷いの中にあるのである。煩悩と菩提は別々の物ではない、悟りと迷いも同様である。

現実的に、人は老いればいわゆる老化現象は、いろいろ起こってくる。それに抵抗して若干は遅らせることは出来るだろう。ただ、それは一時的な事である。歳を取れば、普通にしていても、若いときとは違って、あっちが痛い、こっちが動かしにくい、ここが痛い、あそこがどうのということが当然起こってくる。それを自助努力でなんとかしようとすることは大切なことだ。しかし、自分で何もせず、お医者さんに頼って何とかして貰おうと思っても、それは何とも成らない。何より、これは自然の成り行き、何とも成らぬのだと思うことが、悩みの最大の解決のように思う。

こう思うと、世の中のこと、迷中に大悟するは仏だというのが素直に肯んぜられる。

逆に、悟っているはずのところで右往左往して文句を言い、彷徨っているのが凡人なのだと分からされたように思う。

〔2018.2.25〕

風

　自転車に乗っていて、雨はともかくとして、晴れていても大敵は風である。追い風の時は、追い風とも気づかないが、一旦向かい風になると、時にはどうしても進まないときすら有る。横風も恐ろしい。そして、風は一定方向には吹かないので油断成らない。無風の時ですら、自らが進むのに風の抵抗、と言うか、空気の抵抗は感じられる。

　これはよく分かっているのだが、走ったり歩いたりするときにも、当然ながら風は影響することが、今更ながら認識された。

　今度のオリンピックのスピードスケートの競技マススタートで、高木菜那選手は金メダルを獲得したが、その話を聞いていて、風を如何に避けるかということが重要であることがよく分かった。前を行く選手の陰に居て風を避け、精力を温存しておいて一気に最終でスパートしたのである。勿論簡単なことではない。団体パシュートでの練習成果が遺憾なく発揮されたのだ。このパシュートという競技も余り馴染みがなかったが、三人の選手がおたがい力を出し合い、かばい合いながら滑るものだということも漸く納得できた。

　以前には、渡り鳥が、鉤になったり竿になったりして飛んでいくのが、風を避ける工夫であると聞いていた。それも何となく理解できた。自転車の選手達が、後ろで満を持しているのも風よけだと聞いた。町を走るのには一寸危険かも知れないが、車の陰で走るのが楽だということも聞いた。私は未だその技術はないから実践したことはないが、サイクリング部の学生達はそんなことをよく言っていた。

今更ながら風の威力が分かった。

〔2018.2.25〕

気象用語あれこれ

最近、特に気になる気象予報などに出てくる言葉を取り上げる。

1．数年に一度

これは、最近よく聞く。「数年に一度の寒波」「数年に一度の大雪」などという。勿論、夏でも「数年に一度の大雨」などというのもあった。この二、三日前の北海道の大雪、前が全く見えなくなるような暴風雪、これも「数年に一度」と言われた。確かに２０１３年の3月2日にも同様であったと言うから丁度5年前のことである。これは成るほどと合点した。

ところが、この冬はかなり寒かったが、その寒さを催す寒気が「数年に一度」の寒気だと言われていた。そうか、と思ったのも束の間、その寒気が去らない内にまた、「数年に一度」の寒波がやってきた。それで私は途端に分からなくなってしまった。数年に一度という寒波が二度も三度もやってくるということは一体どういう事なんだと。

何とも思わない人もあるだろう。そう言う人から見れば、何と馬鹿馬鹿しいと言われそうだ。

2．までに

天気予報を聞いていて、波の高さだとか風の強さについて言っている中にこの頃よく出てくる。「波は明日の3時までに3メートル」とか「西の風が9時までに15メートル」とか言うのである。波の高さが明日の3時までに3メートルになる、と言うのである。それだけならば何ともないが、その後は一体どうなるのか。それまでに3メートルになっているから、以後もそうだというのだろうか。もし「3時まで」と言われれば今の状態3メートルが3時まで続くと言うことだ。「3時までに」となると今はもっと高いか穏やかだけれども、3時までには3メートルになると言うことを意味する。この予報はそういうことなのか。だとすれば、今の状態を言わなければ本当はどうなのか分からない。「3時まで」ならば今の状態3メートルが続くと言うことだ。一体、どういうつもりで言っているのだろうか。確かめてみなければならない。

〔2018.3.4〕

老化現象あれこれ

私は皆さんに元気だ、若いなどと言われることが割合多い。しかし、去年来、まさにこれが老化現象かと思えることが幾つかあった。最近この二月にあったことから言おう。

1．2月2日の夜、歯を磨きながら、用事を思い出して階下の自分の部屋に行こうとした。部屋の直前でどうしたのか分からないが転んだ。左大腿骨を強打した。左肘、左肩も強く打った。お負けに顔も左ほお骨をかなり強く打った。暫く痛くて立ち上がれなかった。頭の中では母が坐ったままいざろうとして大腿骨を骨折して入院し認知症になったことが一瞬のうちに過ぎった。暫くは動けなかった。

幸い骨折もせず、強打した左大腿骨も痛いけれども骨折もしなかったし、内出血もなかった。他の部分も痛いだけで外から見た目に変化はなかった。翌《あく》る日になっても、内出血の様子は見られなかった。私の主義として、痛みを取るには痛いところをもっと痛めなければと言うことがあった。その日は、八田や荒子まで月参りに行くことになっていた。止められたが、自転車には乗れたし、坐ってお経を読むことも出来た。その日の内はそれで済んだ。医者に往けと言われたが、行ったところで写真を撮って、痛いところに湿布でも貼れ、痛み止めを呑めと言うくらいだと思い医者行きは断り続けた。

ところが、打撲の常らしいが、次の日は痛くて曲げるのも難儀、階段は手すりをよじ登るように昇り、降りるのは死にものぐるいだった。外出はとても出来ない。5m歩くのも大変だった。それが3日間続いた。その間は、外出は諦め、溜まっていた仕事を片づけた。いつぞやみたいに「奇貨おくべし」とばかりにこの秋に予定されていて、原稿を請求されていた講演の下書きを作った。

そして5日後の7日には有り難いことに、朝、階段が難なく降りられた。完治とは行かないけれども動くのに支障がなくなった。最後まで痛みが残ったのが顔の打ち身、肘と肩もかなり長引いた。

人に話すと、よくそんなことで済んだ、日頃の訓練の賜物だと言われた。そうかも知れない。足は割合よく動かしてトレーニングしている。最後まで痛かった、顔は訓練のしようがなかった。

2. これも2月19日、大分の安藤さんとレスリングの練習中に、左足の膝のあたりでギジッと言ったか、ミシッと言ったかした。その時は特に気にも止めずに練習を続行した。終わって、打ち上げをしていると段々痛んできた。夜にはとても痛んだ。翌《あく》る日になってみると左膝の内側が点点と内出血していた。5、6㎝四方にみっともなく拡がっている。真っ直ぐ歩く分にはいいが、足を少しでも捻ると痛む。今度も結局は、お医者さんにも行かずに放置した。二週間近く掛かったが、ほぼ完治した。

3. これも今年になってからのことだけれども、正確な日時は覚えていない。2階から、何だったか、これも忘れたが、かなり大きなかさばる物を持って降りてきた。前が見えないので、いつものように数えながら降りてきた。ところが数え違ってしまった。もうこれで最後と思ったところあと一段あって、言わば階段を踏み外した形になって転び、右足を打ち付けて怪我をした。既に、怪我も治って跡形もないが、今年になっての怪我のし始めだった。

〔2018.3.4〕

梅崎春生「砂時計」

前から読みたいと思い、梅崎春生作品集を買って置いてあったのだが、漸くのことで一巻を読み終えた。第一巻には「寝ぐせ」とこの「砂時計」が納められている。『群像』54年8月号から55年7月号までに連載された長編である。

切れ切れに読んだのだが、途中、何となく成り行きが心配で逆に一気には読み通せなかった。読後感を言えば、一体この先どうなるのだろう?という思い入れが先ず頭に浮かんだ。途中、今だったら、こういう養老院経営は決して許されまいと思いながら読んだ。昭和20年代最後から30年代にかけてという時代にはこんな事が許されていたのかと思ったりした。養老院の経営自体入所者が入所時に払う会費10万円だけ、赤い羽根募金などからも援助を得ていたとあるが、経常的な収入はないみたいだ。然も、経営者達はここから収益を得ようとしている。慈善事業ではないと言って、入会金が入るよう、入所者が早く死ぬことを願っており、経営者会議では、毎月三人死ぬようにし向けるようにお雇い院長にけしかける。入所老人の食事も経営者の一人、食堂主の所の残飯残肴を半分くらい当てている。それ故、調理室は入室禁止、かなり広い庭は以前は芝生などが敷いてあり、老人達の遊び場であった。その芝を刈り取って売り払い、畑にして各種野菜を老人達に当番で作らせ、食事にあて、残りは売りさばく。リヤカーに積んで売りさばきに行った老人が、真夜中に帰ってくるがリヤカーはない。電車にひかれて大破して使い物にならない。それを弁償させようとする。当時の金額で1万2千円、未だ初任給が1万円に到底届かないときだ。段々こんな事から入所者の不満が募ってくる。院長との会見もなかなかのもの。知恵者の老人が居るから、院長もたじたじ。

このリヤカーを大破させたニラ爺のとぼけたキャラはいつの間にか、本作の主人公並みになってきている。

ただ、この作品は完結していないという評が有るとおりだと思う。白川社会研究所も修羅カレーの問題も結末は付いていない。余韻と言うには余りに茫漠としており、私の想像力では見当が付かず、フラストレーションが溜まる。「砂時計」という題目もどういう事かまだ分からない。

しかし、ユーモア小説という風に見れば各所に相当危険を冒させるような所を描きながら、おかしみが鏤められている。

本当は、以前新聞小説で見た「犬も歩けば」という小説が読みたかったのだけれども、この作品集にはない。

〔2018.3.14〕

小川博司先生を偲ぶ

小川博司先生の早すぎるご他界、お正月には年賀状を頂きましたし、その少し前には、車いすでしたが、私の寺のお地蔵様にお参りにおいで下さいました。まさか、こんなに早くお別れするなどとは思いも寄りませんでした。今までの色々なこと、諸々のことを、心から感謝申し上げますと共に、ご冥福を心からお祈り申し上げます。

私は、この社会福祉法人ラ・エールの理事長はさせて貰っておりますが、本来は此処を設立なさいました小川先生が理事長をなさるべきで、何度となくその旨を申し上げていましたが、遂にこんな事になってしまいました。

皆様方御承知の通り、この社会福祉法人ラ・エールは全面的に小川先生のご尽力と先生の財産によって設立された物で御座います。いわゆるオーナーでいらっしゃいました。それなのに、先生の慎ましいお人柄で、全ての仕事はお引き受けになりながら理事長職にはお就きになろうとなさいませんでした。

抑《そもそ》も、私がこんな席におりますのは、私の三男坊がお世話になったことで一翼を担わせていただこうとした結果であります。一人の理事としては、運営に携わらせていただこうとは思って、色々の準備会等には出席しておりました。ところが、最後の段階で、理事長になる予定の方、これも小川先生でない方なのですが、ご病気に成られ、就任不可能ということで、思わぬおはちが回ってきたのでございます。爾来もうまる十五年経ちました。その間に、ラ・エールは先生はじめ皆様方のご尽力により、どんどん規模を拡大して参りまして、今のような陣容になったのでございます。

理事長とはいえ、ここに常駐していませんので、一々の施設の詳しい内容は掌握しておりませんが、ここで働いて下さっている方だけでも五十人を超える大所帯です。此処を利用される方々がどれだけなのか、正確なことは、施設長でこの会主の小川伸様にお尋ねしなければ分かりません。此処まで、ラ・エールを発展させる原動力であった小川博司先生の偉大さは一寸簡単には言い表せません。

抑も、私がこういう関わりを持つに至ったのは、先にも申し上げましたとおり、私の三男坊がひとかたならぬ世話になったからであります。この子はヒデ君と言っています。以前、私の雑文集『磨言志冊』をここにおいでの何人かの皆様方には差し上げましたが、その中にこのヒデ君のことは書かせて貰いました。皆様には差し上げてない『磨言敦冊』には生きているヒデ君のことが書いてあります。この子は、風疹症候群を持って生まれました。小学校に行くまでに心臓の手術、眼の手術、その他で何回も入院しておりました。小学校では先生に恵まれて、楽しい学校生活が出来たことは親としても慰みになることであります。中学校では養護教室に入れて貰い、小川先生がお勤めであった笈瀬中学に通いました。その頃から、弟や兄と同じＡＬＤが発症したようです。私は、てっきり、思春期で元気がないのだとばかり思っておりましたが、そうではなかったようであります。中学三年生の夏、飛び回って遊んでいたヒデ君が急に倒れ、物も殆ど言わなくなってしまいました。それでも、先生方のお世話になって修学旅行にも連れて行って貰いました。その時の様子を後で伺い涙が出ました。ヒデ君はなかなか頓知のある子でしたが、旅行のお終いのところで、校長先生はじめ先生方に深々と頭を下げてお礼を言ったということを聞きました。未だそれだけの気力は残っていたのでしょうが、小川先生のお世話によってだと思います。

日常的にも随分色々なことがあり、ご迷惑のかけどおしでした。しかし、もう、高校には通えませんでした。間もなく、寝たきりになり、弟と枕を並べて寝ていました。弟には養護学校の先生が来て下さっていましたが、ヒデ君は放ってきぼり、かわいそうでした。時々笈瀬中学で同級だった方が遊びにきてくれたりしていましたが、小川先生と一緒だったように思います。

その後とうとう入院しましたが、治療のしようもありませんでした。そして、平成十年七月、ちょうど私が病院に行っているとき、息を引き取りました。寝たきりになって三年でした。弟は先に発症しながらその後十年も寝たきりでした。ヒデ君は心臓が元々完全でなかったせいで早かったのだろうと思います。その葬儀の折には、多くの方々がお別れに来て下さったことは忘れられません。

こういう事があり、小川先生には何かとお世話になって参りました。その後、小川先生はご退職と同時に障害者施設建設を計画なさいました。既に、作業所などは作っておられましたが、社会福祉法人としてのラ・エール建設に取りかかられました。私財の大半をなげうっての建設でした。記憶は定かではありませんが、平成十四年頃からのことかと思います。会議を重ね、先生は法務局をはじめあちこちの役所にお出向きになっていらっしゃいました。私たちもその一部分にはお付き合いさせていただきましたが、先生のご尽力は端で見ていても並々ならぬものがございました。そして、設立の認可が下りて法人が発足したのが平成十五年でした。その後も、設立当初は随分頻繁に役所がよい、法律が変わる度に書類の作成など先生でなければ出来ないことでありました。私どもはただ端で見ているだけ、誠に申し訳ないことでありました。

そんな中でも、理事会はともかく、当時の評議員会では先生の苦労をご存じかどうか、色々そんなことを言わなくても、と思うような意見が出ましたが、先生はニコニコなさっていらっしゃいました。掛け替えのない方を失ってしまいました。この上は、先生の意に叶うように、このラ・エールを立派に運営していかなければ成りません。それが、先生へのせめてもの恩返しだと存じます。これからも、皆様方のご支援の下、小川博司先生の意を叶え、更に延ばしていくように努力をしていかなければと存じます。

とはいえ、私自身ももう老化現象がどんどん進行しております。若い方々のご奮起をお願いいたしたいと存じます。小川先生の来し方をふり返り、私の気持ちのほんの一部分を申し上げました。

小川先生、有難うございました。皆様方、有難うございました。

平成三十年四月七日　ラ・エール理事長　田島毓堂

〔2018.4.7〕

刑事訴追の畏れ

3月27日、鳴り物入りで森友学園への国有地売却に関する公文書改竄に関わる前国税庁長官佐川宣寿氏に対する証人喚問が、衆参両院の予算委員会で午前午後に亘って開催された。

結果は大体事前の予想通り、全く何も目立った成果もなく、事実も全然明らかにされなかった。却って疑惑が深まったとさえ言える。

新聞には大きく「答弁控える」55回、「差し控えたい」連発、「改竄経緯 証言拒否」等々大見出しがおどっている。他にも、「官邸指示は否定」「理財局単独で対応」「証人喚問 限界を露呈」等々、喚問に対する肯定的評価は皆無に等しい。

時間的制約があるけれども、それにしても議員の質問も必ずしも的を射ていない嫌いもある。テレビ出演している人達が言っている程度の質問も出来ていないようで、歯痒い限り。

それにしても、「訴追の畏れがあるので答弁を差し控える」というのであれば、やましいことは自ら認めているわけである。国会における証人喚問は事実を明らかにすることを第一目的にするように議院証言法を改定しなければ、同じ事は何度でも起こる。ロッキード事件の時の「記憶にありません」という小佐野証人の名言?は記憶にまざまざと残っている。この「刑事訴追の恐れ」も長く記憶にとどまるだろう。この逃げ道をどうやって塞ぐか、知恵者の出番である。

昨年佐川氏が国会答弁に忙しかった頃、財務省理財局はてんやわんやであったという。夜寝るヒマもなかったくらいだったようだ。そのことが第一怪しい。何かを企んで理財局全体大騒動していたということだ。何がそんなに忙しかったのか。

本当に誰が、なぜ改竄をしたのか、させたのか。この疑問について、我々国民はよもや忘れまい。解明を求め続けていかなければ成るまい。

〔2018.3.28〕

その後続々と森友学園関係の書類や、加計学園関係の文書、防衛省の無いと言っていた日報などが明らかにされている。新たな展開があるだろう。

〔2018.4.12〕

文字と言葉

梅崎春生の作品集を読んでいた。昭和20年代後半の事柄が書かれており、当時のことを思い出し想像しながら読んだ、全体暗く沈んだ調子の内容、幾つか読んだがヒトツして明るく心弾むようなことはなかった。それでも、何となく惹かれて読む。所々にブラックユーモアが鏤められている。分からない言葉に出くわした。

1.「一瞬ぼんやりした不快な焮衝のようなものを感知して」この「焮」という字は初めて見た。振り仮名が「きんしょう」と有る。手許の漢和辞典にはない。中辞典にはあった。で、「焮」は「てらす、やく」の意とあり、「焮衝」で「身体の一部がはれて、熱を出して痛むこと」とあった。(『梅崎春生作品集2』「莫邪の一日」262頁)

2. 徴呈「まぎれもない 頽廃の 徴呈であったのだ。」(『梅崎春生作品集3』「防波堤」28頁)手許の小漢和辞典や、中漢和辞典にはこの言葉はない。大漢和辞典を見てもない(4巻918頁)。意味は何となく分かるけれども、的確には言えない。「その印を呈していること」とでもいうくらいの意味か。

3. 次は別である。今日の新聞(2018.4.12 中日新聞)の広告、一面の下に『文豪の凄い語彙力』(山口謡司著）という本の一寸した紹介の中に「的礫《てきれき》たる花」と有るのに目がいった。余り見かけない言葉、前後がないから意味は直ぐには推定しかねる。漢和辞典を見ると、「的礫」は明らかなさまとある。「礫」自体は、「こいし」という訓がある。「砂礫」などという熟語も思い浮かべることが出来る。しかし、「的礫」がなぜ「あきらかなさま」で、「的礫たる花」というのはどういう事か、今いち分からない。広辞苑を見ると「白く鮮やかに光り輝くさま」とある。それで「的礫たる花」の意味は分かる。でも、的と礫でそういう意味になるのか、未だ合点がいかない。大漢和にも礫の項に「的礫は明らかなさま」とあるが、何故か分からない。ただ、礫は白い石の様、とあるのがヒントになるか。「的」はどうかと調べてみたら、二番目に「あきらか、あざやか」とある。これは知らなかった。それで合点がいった。

中学生の頃、国語の先生が、毎日新しく出会った言葉を10語ずつノートに書いて意味を調べ短文を作るという課題を出した。気にしていると毎日10語ばかりでなく随分新しい今まで知らない言葉に出会った。この課題は私の性に合っていたとみえて、随分ノートが出来た。色々言葉を覚えたのもこのお陰だったように思う。あるとき、担任の先生にどういうことか分からなかったので、「勃起」という語について、どういう意味か聞いたけれど、教えてくれなかった。後で何故だか分かった。

〔2018.4.12〕

すばらしい　感動した

今回の冬季オリンピック、前々からメダルの数のことばかり喧しく言われていて、かなり興ざめしていた。余りテレビもラジオも聞きたくも見たくもなかった。ところが今日、2月17日のフィギュア・スケートフリーの最終戦、これもとても見られなかった。しかし、その結果を聞いて後の映像は安心して何回も視聴した。素晴らしかった、の一言だ。

どの場面だったか、白地に日の丸の国旗を胸にまた背中に背負ってリンクを周り、そこここで撮影しているところを見てああ、美しいなと感動した。こんな場面に出くわすことはそうそうない。

優勝した羽生選手の表情も良かった、二位の宇野選手も良かった、羽生選手が、宇野選手のあたまを撫でている姿、「おい、次は御前だぞ」と言うようにみえた。次また羽生選手が王者になれるかどうか、この世界では極めて難しいこともひしひしと感じられる。今回の連覇も66年ぶりだという。

あの美しい日の丸の国旗、我々はそう思った。しかし、これを見る世界の人々の思いは色々であろう。日本選手の演技を一顧だにしない北朝鮮の応援団は居たかどうか知らないが、彼らにとっては、何ともないどころか、蛇蝎にも等しく見られたのではなかろうか。誰もが素直に素晴らしい演技を称賛できる世の中の到来を心から願いたい。オリンピックはそういうものではなかっただろうか。

今日は、今まで余り興味のなかった冬季オリンピックに見入った。
もう一つ、全然違う方面で、15歳6ヶ月の藤井聡太五段が、羽生永世名人を破り棋聖戦で優勝し、六段に昇格したということも大変嬉しい明るいニュースだった。
近年にないいいニュースがあった一日だった。

〔2018.2.17〕

更にその後、七段にも昇格しようという快進撃だ。

〔2018.4.13〕

公文書書き換え

このところ、昨年来問題になっていた森友学園への国有地売却に関して、関係公文書が数百箇所に亘って改竄されていたことが明るみに出て、国会でも問題になっているし、連日テレビでも喧しく取り上げられています。昨年答弁に立っていた当時の財務省理財局長であった佐川宣寿氏の国会招致、証人喚問をめぐって、国会で議論されています。

私には書き換えの一々の内容や経緯その持つ意味等十分には理解できないことが多いのですが、「公文書の書き換え」というただ一点だけで、大変重大な意味を持つことのように思えて成りません。事後に、都合のいいように書き換えられるならば、全て為政者の思うがままと言うことではないでしょうか。微に入り、細をうがって大勢で齟齬の無いようにつぶさに点検して書き換えていったような様子がうかがえ、国民の公僕たる者が国民を愚弄しているとしか思えません。公務員官僚が国民の公僕としての意識を持っていないのは、明治以来、国民を下に見てきた名残で、この悪弊は一朝一夕には改善されないように思います。

しかし、考えてみれば明治憲法の時代より、今の日本国憲法の方が施行されて長く続いているのに、官僚・公務員が偉そうにしているのは丸で変わらないのには切歯扼腕するほか有りません。国民全体の意識がそんな風潮を是とする様なところがあるのではないでしょうか。

それにしても、よくも克明に書き換えたものです。他のことに精力を使って欲しいと思います。

これだけ人々を驚かし、国会も大騒動だというのに、意外に自民党は静かですね。以前の派閥が物を言ったときには、こんなに成れば他の親分達が黙っていなかったでしょう。今、安倍首相に対抗する勢力が本当に弱いと言うことだと思います。益して、野党の非力は目を覆いたくなるものがあります。野党が何を言おうと全く何とも与党は思わないみたいです。公明党は強い支持基盤があるから大したことはないのでしょうが、いずれ竹篦返しを受けるような気がします。大体、昨年の総選挙自体真実を覆い隠した上で行われたことになり、その正当性に大きな疑問符が付きました。その意味では、もう一度早急に解散総選挙というのも一つの解決手段になるかと思います。そのためにも、洗いざらい不正常な状態を改めて欲しいと思います。首相夫人にもお出まし頂かなければならないと思います。

森友問題に隠れたように加計学園のことが隠れてしまいましたが、図らずもここに、前川文科省前事務次官を授業の講師として呼んだことが問題になっています。このことも含め、加計学園の事に関わった人として一括、事実を明白にして欲しいと願います。

〔2018.3.20〕

その後、加計学園関係の文書も続々明るみに出てきています。是非、真相を明らかにして欲しいものです。

〔2018.4.13〕

私の仏教——典座

道元禅師が宋に渡った初期に、阿育王山の老典座から受けた印象は強烈だった。それまでの常識だった食事を作るということに対してさほどの意義を見出していなかった禅師にとって、典座の仕事に仏道修行上の大いなる意義を痛感したのである。つまり、行住坐臥あらゆる事が修行だと認識した発端になったと言っていい出来事だった。

禅の修行道場には「典座《てんぞ》」という役職がある。ずばり、食事係である。

私は小学校に入る前から、かなり大きな禅寺で生活していた。わりあいお勝手仕事が好きで、良く手伝いをしていた。それをからかってか、父親は私をテンゾと呼んだ。小さい頃はいろんな事をしたがもう余り覚えていない。今のことを書こうと思う。以前に「特製納豆」などとして書いたことと重なる。その具体的レシピとして書く。

朝、季節によって若干時間は違うが、６時前に目覚め、トイレを済ませて、朝の行事として先ず四股を１００回踏むことにしている。十数分のことだが完全に目覚める。それから湯を沸かしてお茶を入れ、仏様に供えてご挨拶。それから始める。

まず、すり下ろす物をそろえる。大根・にんじん・林檎・生薑《しょうが》・長いも、冷凍してあるレモン・タマネギ。お茶をいれた後の湯を沸騰させてトマトを湯むきにし、オクラも解凍する。生薑、長いも、レモン・タマネギ・林檎・にんじん・大根をすり下ろす。トマトも少し潰して混ぜる。大分水分が出る。それはコップにとって、朝食の時に飲む。すり下ろした長いも、細かく切ったバナナを大どんぶりに入れる。次に焼いて置いたたらこを半切れと梅干し一個を入れて潰す。そのどんぶりに、シリアルのオールブラン・大麦・玄米フレークなどを少しずつ、きな粉・プロテインを大さじに山盛り一杯、ブルーベリー・レーズンを少し、香煎・昆布の粉・ごま・煮干しの粉・干しエビ・ジャコ・一味唐辛子を少し、鰹節の粉大さじ山盛り一杯、金山寺味噌少し・ちりめん山椒・わさび漬けを少しずつ入れて混ぜ合わせ、納豆は１２０グラム、ついている芥子やたれも入れる。更に、Oliveオイルと酢をかけて混ぜ合わせ、先ほどすり下ろして水気を絞った大根にんじんなどを混ぜる。これをよくよくかき混ぜて完成。約一時間半かかる。もっと掛かるかも知れない。出来上がりは大体９００グラム前後、これを六等分くらいにして朝はその一つを食べる。昼・夜の分と、家内の分・息子・孫の分。これが私の朝の行事の主要な部分。これは一日経っても冷蔵しておけば食べられるがやはり新しいのが美味しい。とっても美味しいと思うときと今いちの時がある。混ぜる物の固有の味の違いと、自分の舌の都合とがあるのだろう。こんな事を始めてどれくらいになるだろう。未だ二十年には成らないように思うが、ひょっとするとそれくらいになるかも知れない。混ぜる物は適宜増減する。多分何を混ぜても構わないのだと思う。若し、やってみようという方がいらっしゃれば、簡単だからもう何も言うことはないかも知れないが、いつでも相談に乗ります。

〔2018.5.28〕

本当は何か

もう一年半にもなるが、森友学園への土地売却問題と安倍首相夫妻との関係は依然闇の中である。加計学園の獣医学部新設に関する安倍首相と、加計理事長との関係もますます分からなくなってきている。国会での集中審議とやらを何回重ねても一向に真実は浮き出てこず、ますますこんがらがり、安倍首相が嘘を嘘で塗り固めているような感じを持たされてくる。いろんな世論調査の結果を見ても、政府や役人の言っていること、安倍首相の言っていることを十分納得できるとする人はせいぜい一割程度、大多数が、納得できないとしている。

こんな、天下国家に関することでないことで、日本の国会は空転している。その間に、世界の情勢は大《おお》変《か》わり、こんな事に拘り続けている日本は何と平和なのだろう。

国民は大抵野党の言うように首相が真実を話していないと思っている。自民党の人達でもどうも変だなと思っているようである。しかし、それで、真実がはっきりしたとき、一体日本はどうなるのだろう。悲しいところである。こんな、どうにも成らない状況、どうしたらいいのか。

この問題の決着はどう付くのか。真実を明かせば色々不都合が出来るのだろう。今の状態では、国民の間に政治に対する不信感やもやもや感が払拭されないままである。これは、とても不幸なことである。真実が明らかになっても成らなくてもこの不幸な状態は残る。そして、公文書改竄という一大不祥事。国民が公文書を偽造したらはっきり刑事罰を受けるのに、この不祥事に対して検察が不起訴にしたことなど、凡そ、国民を愚弄し蔑ろにしているとしか思えないが、こんな事でおさまるのだろうか。

一向に心のもやもやは晴れない。

公文書改竄、という一事に関してだけでも大変憂慮すべき事態だと思う。この再発防止にだけは関係する全ての人達に是非努力して欲しい。

〔2018.5.30〕

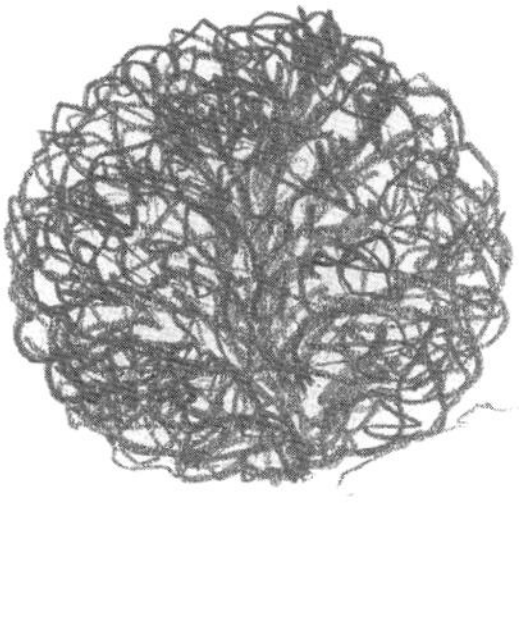

どちらとも言えない

世論調査を見たり聞いたりしていると、多くの問題について、「いい」「わるい」のようにはっきりした答えと、「どちらか分からない」というような答えが必ずある。そして、この、「どちらか分からない」或いは「どちらでもいい」と言った答えが、賛成・反対の比率より、遥かに大きいことが屡々ある。

例えば、最近の世論調査で、参議院の議員定数の問題についての調査結果かが発表されている。自民党が6人増の改正案を提案しているが、それに対して賛成は誠に僅か、どちらかと言えば賛成というのを含めても二割にも満たない。反対はその倍近い。そして同じくらいどちらとも言えないというのがある。これを一体どう理解すべきだろうか。「分からない」のは半分は賛成、半分は反対というのだろうか。そうでは無かろう。判断すべき材料が十分でないということかも知れない。要するに、単純にいいとも、悪いとも決められないということなのだろうが、多くの問題について大抵こうである。

一々の内容は、今手許にないので忘れてしまったが、数日前にテレビで見ていて、賛成がわずかで、反対がその倍程度有り、分からないがそれと同じかもっと多いといった状態だった。こういう調査結果は果たして意味があるのだろうか。中々難しいことではあるけれども、そういう状態だということが分かったということで良しとするならともかく、これを見ていて、恐らくは設問の仕方が十分に練られていなかった可能性が強いように思う。やはり、判断の材料をもう少し示せばいいのだろうが、そうすると、ある方向に意見を誘導する危険性もある。

それにしても、色々の世論調査などで「どちらとも言えない」式の答えが多いのは何にしても問題であるように思う。答えに窮しているようにも思える。ただ、意見の多様性という事からは、これでいいのかも知れない。私にはこれに対してこうだという考えはない。

政党支持率で、どの政党も支持しないいわゆる「無党派」層が一番多いのも同様なのだろう。ただ、こういう人達はほんの少しのことである意見に同調するという傾向があるように思える。要するに浮遊層である。変な連中に利用されないようにしなければ危ういような気もする。玉虫色などと言うのはまやかしである。

〔2018.6.12〕

米朝の首脳会談

今年正月の金正恩委員長の平昌オリンピック参加用意の発言から、急激に進んだ南北の融和ムード、芸術団の相互派遣から、遂に南北首脳会談が何年かぶりに板門店で開催された。韓国の文大統領は米朝の橋渡しを目的にしているという。我々から見ると些かはしゃぎすぎているように思うけれども、自分の師匠とも言う金大中元大統領や、盧武鉉元大統領に続いて南北会談を開いたことは余程感慨深いのだろう。

南北の雪解けムード、それに比べて日本は乗り遅れているなどと危惧を抱く人達が居る。北朝鮮は拉致問題は解決済みという。よくもこんな滅茶苦茶を平気で言い、日本が拉致問題を蒸し返して平和ムードを日本だけが壊しているなどと声高に言う。何でも蒸し返すのは韓国や北朝鮮ではなかったか。約束を守らないのも北朝鮮。調査を約束しても中々調査が終わらない、その内に有耶無耶というのが常套手段だ。私は、何よりもこの拉致問題が解決しなければ一切の妥協をしては成らないと思っているが、どうなんだろう。

今日のニュースでは、6月12日にシンガポールで開催が予定されている初の米朝首脳会談について、トランプ大統領が取りやめを示唆した。それより前に北朝鮮側から一方的非核化の要求なら会談の延期も有りうると言っていた。それに応戦した駆け引きだが、トランプさんが言うには、金正恩委員長が中国の習近平と二度も会っているが、これによって強気になっているという見方で、トランプさんは正直に不快感を表している。簡単なことではなかろうが、丁々発止の前哨戦、北朝鮮は嘘も平気で言って戦術に長けている。ここは、騙されないようにしなければならない。

〔2018.5.23〕

6月12日、鳴り物入りで米朝首脳会談が実現した。トランプ大統領はご満悦の体である。何はともあれ、決裂は避けられ、戦火を交える恐怖だけは遠のいたように見える。これからおいおい本当の成果が分かってくるだろう。ただ、日本にとっての最重要課題、拉致被害者の救済は結局の所、日朝の首脳会談を待たねばならないのだろう。

〔2018.6.12〕

待ち時間

六月十二日、火曜日は閑人の割には一週間前から毎日続いた用件もなく、特に外出は夕方に予定があるだけの、エア・ポケットのような日だった。退職五年経ち、サンデー毎日なのに、こんな日は却って珍しいのである。ところが、そうは問屋が下ろさないとばかりに、家内の病院行きの付き添いをする羽目になった。

朝、八時にタクシーが迎えに来ることになっていたので、それに間に合うように、四時に起きて毎朝やるべき朝のお勤めと称していることを済ませ、お負けに、上天気であったので、洗濯を干し終わったら丁度タクシーのお迎え。

十五分くらいで病院に着き、申込書を書いて、初診の窓口のシャッターが開くのを待った。八時半に開いた。今まで掛かっていた医者の紹介状と共に必要書類を提出した。それから、呼ばれるまで待てというのでじっと待っていた。丁度一時間が経過する頃、未だなのかと聞こうとしたときに名前を呼ばれた。そして、行けと言われた外科の窓口にたどり着いた。それまでで既に一時間十分ほどになった。診察室に入ってお医者さんの話を聞けば、外科宛の紹介状だが、皮膚科に行ってもらうとのこと、そこでまた待つこと一時間半、診察はほんの少し、その後、点滴をして採血、血液検査。それが一時に終わった。検査結果が出て、入院しなくてもいいという医者の判断が出たのが、一時半を過ぎていた。会計を済ませて、またタクシーを頼んで、帰宅できたときは二時を過ぎていた。医者には、何ともなくてよかったね、と言われた。入院せずに済んだのは幸いだった。しかし、である。

何と待ち時間の長いこと。病院は一生懸命患者を減らそうと、紹介状無しの患者にはかなりの額の費用を要求する。それでも、初診の患者の内紹介状無しという人が相当数居る。そういう人達がどれだけ待たされるかは知らないが、紹介状を持っていって、受診するまでに丁度二時間半。終わって帰るまでは前記の通り。行き戻りの時間を差し引いても、六時間も掛かっている。何にそんなに掛かるのだろう。診察を受けてから、点滴をして貰うまでに三十分以上掛かったが、何故か分からない。普通なら続いてやってくれるように思う。全体に大して患者も居ない。

我々も時間が掛かると諦めて行くが、本当は何故こんなに時間が掛かるのか。掛かる時間が合理的ならばともかく、何故こんなに掛かるのか、人の時間を何と思っているのだろうか。病院も医者も患者も全部真剣だとは思うが、もう少し何とかならないものだろうか。今日改めて考えさせられた。

〔2018.6.12〕

後ろから不意打ち

今テレビでも新聞でもラジオでも一大トピックスになっているのが、アメフトの試合で日大の選手が関西大学の選手に対してルール違反のタックル攻撃をして怪我をさせたということである。もう今月の6日にあった試合でのことだから半月以上経つ。一向におさまる気配はなく24日に日大が二度目の回答書を出すという手はずになっている。

その前、22日には怪我をさせた張本人である日大の選手が記者クラブで会見を開き、胸の内をさらけ出した。もう、前から言われていたことだが本人の口からはっきり言われた衝撃は大きい。監督やコーチにその違反行為をするよう指示され逆らうことが出来なかったのだ。然も、自ら違反攻撃をすると申告して試合に出場させてもらい、ルール違反を繰り返した。挙げ句の果てが、ボールを投げて無防備になった関学の選手の後ろから猛烈なタックル、タックルされた方は怪我をし、ルール違反をした選手も退場させられた。退場させられてカーテンの中で号泣している姿が見られている。

これらはみんなリアルな映像となって日本全国に知れわたった。

普通だったら、監督はルール違反を犯した選手を叱責するなり譴責するなりするはずだという。ところが一切そういうことはなかった。その後も監督の謝罪等が無く日が過ぎ、ますます騒動は大きくなっていく。

被害選手の親は相手を告訴した。スポーツの試合での負傷に対しては異例なことというが、それほどのことなのだ。アメフトはまだまだ一般的ではない。物々しい防具を着けた屈強の選手達のぶつかり合い、ラグビーなどとも比べられるがそれよりずっとマイナーな感じは否めない。そこにこういう事があるとイメージの悪化は避けられない。

まだまだ事件はこれから展開が予想される。原因究明のために、アメフトの関東にある大学の他の15チームは、日大との練習を中止したり、第三者委員会を作って徹底的に真相を究明するという。人格形成のための大学スポーツだ。勝つために今回のような汚い手を使うことは決して許されることではない。

それにしても試合に出たいばかりに理性を失って越えてはならぬ一線を越えた選手、しかし反省して自分の罪をさらけ出した選手、私は、出来ることならこの選手を何とか応援したい気持ちにさせられた。

〔2018.5.23〕

その後、相変わらず日大に対するバッシングが続き、遂に関東学生アメフト連盟から、監督とコーチは除名され、日大チームや違反選手にもペナルティが科せられた。

更に、この一番の責任者、監督は日大のあらゆる職を解かれ、今までの権力の源泉は失われた。ただ、日大理事長が公の場で説明も何もしないということが、未だに残っている。

〔2018.6.13〕

政治ショー

今回の鳴り物入りの米朝首脳会談、史上初めてというのでマスコミも大騒動。シンガポールは金正恩の泊まる高級ホテルの宿泊費を肩代わりしたと言うが、お釣りが来るほど潤ったのではないか。

それはともかくとして、成果はあったのか？　確かに決裂はしなかったので戦争の危険はひとまず遠ざかった。しかし、トランプ大統領が当初言っていた内容とは相当隔たりがあるように私には思える。北朝鮮の体制保障は与えると明言した。しかし、北朝鮮は非核化の断固たる決意を示したとか、表明したと言う。「非核化する」と明言したのとは違うように思う。いろんな言葉が付随するだけ弱まる。如何に強い言葉であろうと。「非核化する」の一語に比べれば余分な言葉が多すぎる。逆に、「検証可能な」とか「不可逆的」といった重要な文言はない。

これから、アメリカの外交専門家がそれを詰める交渉を行うだろうけれども一筋縄ではいかない相手だ。恐らく、北朝鮮の独裁体制においても意見が完全に一致しているわけでも、一枚岩でもないのだろう。金委員長が、「多くの困難を乗り越えてここに来た」と言ったのが正直なところだろう。

日本が一番重視している拉致問題についても「拉致問題を提起した」とだけ伝えられた。その後、金委員長も「解決済み」とは言わなかったと伝えられる。これからが日本の正念場、安倍首相はじめ日本政府の出番だ。とにかく、この問題の解決無しに、一切の援助はしないということを徹底的に知らしめなければならないだろう。私が勝手に推測するのは、前に五人の被害者を日本に帰したとき、日本は、何の見返りも与えなかったように思うが、それが彼らにはカチンと来ているのでは無かろうか。

今回の段階的と彼らの言っているのも、要求に対して小出しに応えてその都度見返りを要求するつもりだろう、その手を封ずる必要がある。それには、やはり、国連の制裁決議を全世界が一致して実行していく必要があろうが、既にほころびかけている。中国には強く自制を求めたいと思うが、いかがであろうか。

〔2018.6.15〕

私の仏教——理不尽

この頃に限ったことではないかも知れないが、最近特に目立つ。大事な人、頑張っている人、人のために尽くしている人、こういう他に掛け替えのない人が亡くなったという報道が相次ぐ。その度に「何故だ」という、ほかに持って行きようのない腹立たしい気持ち、やりきれない気持ち、残念な気持ち、何とかならなかったのかという気持ちにさせられる。

今朝（2018.6.27）の新聞でも、ラジオニュースでもトップで報道されたのは、富山県の交番勤務の警察官が、若い元自衛隊員だったという男に体中数十箇所を両手に持っていた刃物で滅多切りにされて死亡、拳銃を奪われた。その奪われた拳銃で小学校の警備員が射殺された。この男も駆けつけた警官に拳銃の弾二発を受けて逮捕された。事件の詳細は未だこれから明らかにされるだろうが、この殺害された警察官は責任感の強い人で、学校前の交番で随分人々に慕われていたという。犯人は拳銃を奪うのが目的だったという。大事な警察官を失い、同時に自衛隊の名誉も大いに傷つけた。

今月中旬6月18日、朝方の大阪北部を襲った地震、最初は被害の状況も分からなかった。段々詳細が分かってくるにつれ、人々の胸を痛める犠牲者のことが分かってきた。みんなより一足先に学校に行き、校門で挨拶をすることになっていた小学4年生の児童が崩れてきたブロック塀の下敷きになって亡くなった。不法建築であったブロック塀を見過ごしていた学校や教育委員会の責任は免れないが、責任を果たすために皆より一足早く登校したために犠牲になるなんて、何と痛ましいことか。他にも、登校児童を見守るボランティアの老人も別のところで同じような被害にあって亡くなった。どうしてなんだ。何もせずにいた者は被害にも遭わず、人のために尽くそうとしていたこういう人達が犠牲になるなんて。

それより先、６月９日には、下り新幹線東京発大阪行きのぞみ２６５号が新横浜を出て間もなく新横浜から乗った女性が前から乗っていた男にいきなり斬りつけられた。更に、男は別の女性も襲った。それを見て乗客の一人が止めようとして逆にその男に馬乗りされて斬りつけられ、重体だったが間もなく死亡した。この男性は、未だ三十八歳だった。やはり、責任感の強い人だったという。残された家族のことを思うと、また、大事な人を失ったという気持ちがどうにも押さえられない。

現場に居合わせなかったから何とも言えないが、他の乗客は犯人が馬乗りになって斬りつけるのを黙認していたのか。馬乗り状態の男を何とも出来なかったのだろうかという疑問が湧く。これ以上は無責任な発言になるから慎むが、残念無念である。

こういう理不尽な事件が後を絶たない。一体、我々はこういう事に対してどう対処していけばいいのだろうか。自分の中で答えは出ていないが、こういう大事な方々は自未得度先度他の心をもつ菩薩様である事だけは間違いない。

〔2018.6.27〕

私の仏教——引き際

一人の偉い方が、亡くなった。随分功績を挙げた人だった。それを自分で仰有っていた。確かに大したものだけれども、自ら言わないと人は知らないと思ってらしたようだ。いつも同じ事の繰り返し、聞いてる人は暗記していた。もう、疾うに後期高齢者になって十年以上になる。私自身も色々世話になった。そのことには十分感謝している。しかし、それには十分報いてきたと思っている。

数年前、どうしたことか、転んで足を悪くされた。歳のこともあり十分は回復されなかったようで、若干不便をしておられたのはお気の毒だった。その機関のトップとしていつも執務室にいらっしゃった。用事のない時も、休みの日にも出勤しておられた。口さがない人達は奥様の所為にしていた。そのことの真偽は知らないけれども、奥様という方は凡そ親しみを感じることの出来ない方のようだった。それ故、人々の噂もまんざら嘘ではないとも思われた。

その方もとうとう亡くなられた。最初に心に浮かんだのは、偉い人なのにお気の毒だった、徳のない方だったということであった。一番残念に思うことは、後継者を育てなかったことだ。いつまでも頑張っておられて、後を継ぐ人が育たなかった。お子さんにあとを継がせるおつもりだったようだが、お子様にはそれだけの器量はなかったし、人望もなかった。生前、直接「あなた方の育て方が悪かった」と直言された方があったと聞く。

ご自分で仰有るように、その機関に対する功績は大きいし、その業界でも高く評価されていた。にもかかわらず、いつまでも、その地位にしがみついておられたのがアダとなった。

人間引き際が大切だという。そのことを嫌というほど知らせる人生だった。

〔2018.6.28〕

私の仏教――自己責任

つい先日、愛知県社会人相撲大会があった。終わった後で、役員の一人に「もう、そう頑張るな」と言われた。今まで私を応援して下さっていた方だった。もう、私もいい年になった。満78歳を超えた。正に相撲など年寄りの冷や水の典型だろう。以前、西鶴の研究者からも年取った力自慢が相撲を取って投げられて死んだという話をして私を諌められたことがあった。私もそれは読んで知っていたし、年寄りの冷や水というのも同じようなことが元で出来た言葉だと覚えていた。

名古屋大学相撲部の後援会長の加藤先生からは、相撲で手足の骨を折るくらいなら治るけれども首の骨を折ったらお終いだよと諌められたこともあった。ただ、その数年前に空手の倉本成春さんに首の運動をするように言われ、一日も欠かさず実行していた。それで、相撲の稽古の時頭から落ちたときにも頭は派手に怪我して笑われたけれども、首は特に何ともなかった。その後も、頭どうしぶつかったり、頭を相手の胸に強く付けたりするときにも首は影響を受けるらしいが、それも特に何ともなかった。そう申し上げた。

他にも、押されて土俵際で頑張ってもいけないぞと注意されたことも何回かある。そこで頑張らなくては何とも成らないと思うのだけれども。

新聞記事で、高年齢の指導者が頸椎を損傷して亡くなったということもあって、よく注意を受けることがあった。

今回、年寄りということもあり、そう言われたと思うのだけれども、もう少しやりたいと思っていたので、その真意が知りたかった。それで、お礼の手紙の中に、そのことを尋ねた。そしたら、電話を下さって、私が土俵際で踏ん張ったのを危ないからやめようということだった。もう、相撲をやめよということでなかったのでホッとした。

事ほど左様にこの年で相撲などという格闘技をすることが年寄りには禁物だということである。頑張るなと言われて、はい、もう頑張りませんとも言えない。何をやるにも無理するなと言われる。同じ事と思うが、何をやるにも楽にやれることだけやっていては仕方がない。特にスポーツの世界では。余りの無理は勿論長続きしない。しかし、全然余裕でやっていては、鍛錬には全然成らないだろう。何事も多少の無理はしなければ向上することは出来ないと思う。その加減は難しいが、正にそこが大事な急所だろう。

私は、こんな風に考えているので、「そう、頑張るな」と言われても、多少は頑張らなければ、と思っている。何かあっても、私の自己責任で頑張る。

〔2018.6.28〕

次から次へ ―― 今度はボクシング

7月末の頃から今月にかけてマスコミ界を賑わせている、日本ボクシング連盟をめぐるごたごた。相撲・レスリング・アメフトに続いて今度はボクシング。それぞれ問題は違うけれども何か通じる物があるように思える。確かなことは知らないが、側聞するところに依れば他にもあるようだ。

ただ、この山根会長のやったと言って告発されていることは、一寸悪質で、スポーツの根幹を揺るがすことだ。格闘技で、判定がいい加減だったら、戦っている選手は堪ったものではない。告発状と共にテレビで放映されている一昨年の岩手国体の際の岩手県の選手と奈良県の選手の試合、素人が見ても岩手県の選手が勝ちに決まっている。それを敢えてレフェリーは奈良県の選手の手を挙げた。手を挙げられた選手自身勝ったと思っていないから、怪訝に思い、岩手の選手に謝ったと伝えられている。ついでに言えば、この岩手の選手、選手宣誓をしている。その宣誓の時に、「山根会長のおかげで」という言葉を盛り込まなかった。或る意味で真っ当な宣誓の言葉であった。それが山根さんの癇に触れたということだ。そんな馬鹿な！

今までに会長の意に沿わない判定をして忌避されたレフェリーも居たという。正しい判定をするといけないのだ。これでボクシングというスポーツが成り立つのか。

山根会長のための接待メニューにも呆れる。ご本人はそんなことを言っていないという。そうかも知れない。取り巻きどもが会長の意を忖度したということらしいが、会長自身がそんなことしなくてもいいとひとこと言いさえすれば何の問題も起こらないはずだ。実に、細かな要求までしているのには、心底驚く。ただ、これは問題だけれども、不正審判、いわゆる奈良判定に比べれば小さな問題だ（考えてみれば、「奈良判定」などと言う言葉があることに驚く）。

オリンピック選手の報奨金の不正流用は会長も認めた。親心だというなら、選手に渡るべき金をわけさせるのでなく、最初から自分でその選手達に与えれば何の問題もないはずである。

一体全体、何故、こんな事をしたのか、そんなに権力にしがみつきたいのか、しがみついていたい権力なのか。若し、そうなら、そういうことが起こらないように、二、三年に一度改選して再選は無いようにしておけばいいと思う。

爽やかであるべき筈の世界がこんなに醜い状態であることは誠に残念、早く膿を出し切って欲しいものである。

〔2018.8.4〕

台風12号

7月下旬に発生した台風12号は誠に奇妙なコースを辿り、日本全国に大きな爪痕を残して、つい昨日か一昨日まで健在だった。正確な寿命は知らないが、かなり長い寿命の台風だったように思う。ぼんやり天気図を見ていれば、いつもの夏台風の多くがそうであるように、太平洋上を遥か東へ遠ざかって消滅してしまうように思えるし、洋上で西にカーブして、台湾や大陸へ向かうか、沖縄まで来て再び東に向きを変え、日本列島を縦断するかというようなコースが頭に思い浮かぶ。

今年の台風12号はそのどれとも違った。気象予報士達の言うことを聞いていると、日本上空を覆っていた高気圧が東西に別れ、台風の通り道を造った。そこをすんなり通りもしなかったのは、いわゆる「寒冷渦」が北から張り出して太平洋上まで達し、その所為で台風は西に誘導され、小笠原諸島付近から伊豆八丈島に達してから急に西旋回したのはそのためらしい。神奈川県、静岡県の太平洋岸に大きな被害をもたらした。高波が車を襲ったり、ホテルに打ち付けてガラスを割ってレストランで食事していた人達が酷い目にあった。その後は、早くから、東海地方に上陸すると言われていた。東海地方と言っても大変広範囲、一体何処なのだろうと戦々恐々としていたら、28日夜半に三重県の伊勢地方に上陸し、西進して半月ほど前に豪雨災害にあった岡山県や広島県を通り、九州に再上陸した後は、南進、鹿児島当たりで東に向きを変えて二、三日かけてくるりと一回転、東シナ海へ向かった。その後もかなり影響を残しつつ大陸へ行き、熱帯低気圧に変わった、という稀なコースだった。九州は長いこと雨が降ったし、それだけではなく、北陸地方や甲信越地方にはフェーン現象によって高温をもたらした。

夏の台風は、風は困るけれども恵みの雨をもたらしてくれることが多い。しかし、この12号はその他の副産物を一杯置いて行った余り有り難くない台風だった。

このコース、一見誠に奇妙奇天烈だけれども、過去の夏台風が太平洋上を西進し複雑なコースを辿ったのとそんなに違わないようにも思える。素人判断だが、西進する位置が、随分北に偏り、日本列島上だったということではなかったかと思う。

これも今年の異常気象の一つなのだろう。

〔2018.8.4〕

宝の持ち腐れ

この夏の猛暑は異常だ。ただ、今年は本当に異常で、この暑さはこの夏限りだというならまだしも、この頃の異常気象は異常と言っておられないものがある。その異常が当たり前に成りつつあるのが恐ろしい。そして、この暑さは日本に限らず、北半球の全世界に拡がっている。アメリカカリフォルニア州の山火事は悲惨だ。それより先、ギリシャの山火事も海岸まで迫っていた。人的被害もかなりになる。ヨーロッパ各地での猛暑のニュースも色々聞こえてくる。ドイツでは、消防車が出動して、町に水をまいている。全世界的に今年の猛暑については話題に事欠かない。

余所のことはさておき、日本もほぼ全国的に猛暑。今年は暑くなるのが早かった。七月がやっと終わり、八月に入る頃には、もう、いい加減暑い日が続いたので、八月は終わったのかと錯覚するほどだったが、本当は、一年で一番暑い頃が始まるのだった。その証拠というと変だけれども、八月三日には名古屋でも観測史上初めての気温40・3度を記録した。十日ほど前には、熊谷市で日本での最高気温41・1度を記録していた。この頃、35度を超える猛暑は当たり前になり、京都当たりでは38度台の日がかなり続いている。

この高温状態に伴って熱中症で病院に搬送される人が急増している。死亡する人もかなりの数に上る。名古屋市の消防署が、救急隊員が消防署に戻って食事をするヒマもなく、途中で、コンビニなどによって飲食物を購入することに理解を求めるツイッターを発し、話題になっている。総じて好意的な反応だが、中には問題視する人も居ないわけではない。文句のある人には、自分もその身になって考えてみたらいいと言いたいところだ。

　それはともかく、熱中症で死亡した人々について、救急隊員が駆け付けたところ部屋にエアコンはあっても、カバーしてあったり、スイッチが入れてなかったり、要するに使用していなかった人が多い。暑くないかといえば、三十数度もあるというのだから、大変な暑さだ。倒れた人は暑さを感じなかったのか、感じていても使わなかったのか。中には冷房が嫌いだったという人も居たが、命を落としてもいいのだろうか。

　この頃、ラジオでもテレビでも熱中症対策として冷房装置を躊躇無く適切に使えと繰り返し言っている。無ければ仕方ないが、あっても使わず、あたら、熱中症になっては何にも成らない。

　私も昨年までは、夜寝るときにクーラーを使うことは全然無かった。暑くてもやせ我慢だった。しかし、年を取ったこともあるかも知れないが、今年の暑さは一寸身に応える。今までのようにやせ我慢をして過ごすことは、もし、何かあったら物笑いになるだけだと思って、遠慮せずに涼しくして寝ることにした。

〔2018.8.4〕

熱中症

　今年はことのほか熱中症について、色々なことが言われている。ニュースなどで、高温についてアナウンスされた後には必ず決まり文句のように、水分と塩分を適宜取り、部屋の冷房も躊躇無く使い、不要不急の外出は控えろと繰り返し繰り返し言っている。こう、のべつ幕無しにこんな事を言われ続けていると、自分のような高齢者は熱中症に罹らないと人でなしみたいに思われそうだ。そんな気になっていたからか、例の名古屋で観測史上最高の温度を出した日には、もう朝から何となくいつもと違うような気がした。手の指先が痺れたようになり、これは何かの信号かと自主規制が働き、その日予定していた全ての用事をキャンセルした。何となく塩気のあるものが食べたくなり、塩昆布などを取りだして食べた。食欲は幸いある。しかし、何もやる気が起こらない。ひょっとすると気力が起こらないだけだったのかも知れない。それでも、無理に気合いを入れて何かやって、何かアクシデントでもあったら、他人《ひと》に「そら見たことか」と言われたりしても、体裁の悪いことなので、何もせずに部屋を涼しくしてごろごろしていた。

　幸い翌日は朝早くから通常の生活が戻った。よく分からないけれども、昨日はひょっとすると熱中症の予兆だったのかも知れない。私は、割合、暑いのは好きで、馴れているとは言うものの、今年のように早くから暑くなり、然もいわゆる猛暑日が続くというのには、年を重ねて来た体には重荷だったのかも知れない。

私は事なきを得たのであるが、相変わらず熱中症に罹った人達が多く搬送されており、亡くなる人までである。そういう人達の中には予防はちゃんとしていたりする人も当然居ると思う。しかし、小中学生や、高校生などは自分が熱中症にやられるなどとは思いもしなかったという人が多いのではなかろうか。愛知県では、小学生が学外授業で公園に行って帰ってきたところで気分が悪くなり、熱射病で亡くなってしまった。手当もまさかということで後手に回ったのかも知れないが、本人はじめ、家族の方々の悲嘆は思うだけでも、残念至極だと思う。病院で亡くなる人をはじめ、抑も熱中症で入院を余儀なくされる人達、中には自分は大丈夫と思っていた人が居るのではないだろうか。

話は違うけれども振り込め詐欺に引っかかる人達のことを見たり聞いたりしていると、自分は大丈夫と思っている人が多いことが残念でならない。熱中症は、年寄りは殊更気をつけなくてはならないが、どんな人も罹る可能性があるということを知って行動しなければならないように思う。〔2018.8.5〕

入試不正

　今回明らかになった大学入試の不正は、大学側が組織的にやっていたことである。これをやめさせるにはどうしたらいいのか。文科大臣は「断じて認められない」と言っているが、それではどうするのか。話は別だけれども、ボクシング連盟の山根会長が反社会的組織の人物との付き合いが明るみに出たとき、スポーツ庁の長官が「事実とすれば即刻辞任すべきだ」と言っているのと同様、みんなが思うのと同じように他人事みたいである。それぞれが監督指導する立場にあるのだから責任を持って善処しなければならないと思うのだけれども、どうも歯痒い。

　女子の受験生の得点を一律に減点し、合格者を少なくしているという。それについて、医師になった後の勤務実態などについて、それをいかにも正当化するような発言も見られる。そして、それに対する批判は総じて女性の識者から勤務実態そのものを改善すべきであると、入口で門を狭めることについて苦言を呈している。当然のことだと思う。男性医師の方が扱いやすいということについては、女性医師に向いたことも当然あるのだから、病院等の対応をこそ問題視すべきである。

　そしたら、今度は女性の受験生だけでなく、浪人歴の長い受験生に対しても同様の扱いをしていたということが報じられている。折角、浪人してまで努力している人をバカにしている。浪人して苦労した人は医者になっても人の痛みが分かる医者になってくれるだろうと思うのだけれども（これは私の勝手な思い込みに過ぎないかも知れないが）。

今、問題になっている東京医科大学は、一方では６人の受験生に不正に加点して合格させている。この中には、便宜を図って貰った文科省の役人の子息もいる（この役人の子息という人も気の毒だ、みんなに知られてしまっているのだもの）。

こういう、大学の不正、他にもあると言われているが、それに対してはどういうペナルティーが課されるのか。是非、学生が被害を被らないようにして欲しい。

〔2018.8.7〕

障害者雇用数水増し

企業や公的機関は、一定の割合で障害者を雇用する事が法律で決められている。現在は２・３％という割合で雇用せよという事になっている。中央省庁では雇用率２・49％を達成したと言っていた。ところが、実際には国の行政機関の約８割に当たる27機関では合計３４６０人の水増しがあった。すると雇用率は１・19％に成ってしまう。地方の公的機関でも同様の水増しが発覚している。

企業が雇用率を達成しないと、納付金を求められたり虚偽報告をした場合には罰則がある。公的機関は模範と成るべく企業より高い雇用率を設定している。それがこの有様。一体どうしてくれるのか。ただ、各省の偉い様が頭を下げるだけではことはおさまらない。企業に求めるような罰金を支払えと言えば、それも税金である。それでは駄目だ。そういう事をした人達が痛みを感じなければならない。中々難しいけれども、痛みを感じさせるにはやはり罰金だろうか。それをトップだけに支払わせるのでなく、関わった者の連帯責任で支払わなければ意味は無かろう。

水増しする方法が一部報ぜられているが、誠に姑息としか言いようがない。やはりキチンと障害者手帳を確認する事くらいは基本だろう。全く、障害とは何の関係もないようなのまで数に加えている。こんなゴマカシは許せない。民間企業のなかには、障害者を区別無くと言うより、より、優遇しているような所さえある。

是非まともに法律の趣旨を守って障害者雇用を実のあるものにしてほしい。

〔2018.9.17〕

天災地変と為政者

今年平成30年は、誰も思うように日本列島は各種の災害に見舞われ、未だ、台風シーズンもこれからだというのに日本列島が疲れ果てたような様子だ。

何より、この夏の暑さ、涼しくなる事があるのかと思わせるような猛烈な暑さに包まれ、各地で記録を更新した。名古屋でも最高気温が40度を超え、猛暑日などは三十何日もあった。以前の朧な記憶では、35度を超えでもすれば大きなニュース、30度超えする日すらさほどはなかったように思う。

そして、この暑さはどうも日本だけの問題ではないようだ。北半球の各地で猛暑に関するニュースには事欠かなかった。気温52度などという所さえあった。アメリカやヨーロッパでは山火事のニュース、日本では、七月来西日本の大雨や大阪の地震、その後、台風の度重なる襲来、台風発生は随分多く、五日続いて発生した事さえあった。日本では東から西に進む逆走台風もあった。今、現在、フィリピンを通過して中国に上陸した台風22号、猛烈そのものだ。

日本では台風21号で、関空が機能不全に陥り、大阪空港や神戸空港に振り替え、中部空港も超満員という。この台風の中、私自身、新幹線全線不通のために東京に閉じこめられた。事故を畏れてだろうが、あの程度の風で全線不通になるとは思いも寄らなかった。

追い打ちをかけて北海道での大地震、北海道全体が停電になってしまった。何故こうなったか、色々説明はされるけれども今一理解できない。老朽化して休眠状態であった火力発電所を稼働させたり、水力発電所を動かしてようやく停電しなくてもいいところまで来たけれども、これから需要の増す冬場にかけて、故障した最大の苫東厚真発電所が復活しないと不安である。

天候不順を含めて、各種の災害、いずれも記録づくめという。

災害に備える事について、ラジオでもテレビでも連日のようにいろんな番組があった。ただ、私自身思っている事で、一切そういう声が聞こえてこなかった事がある。以前何かの折りに聞いた事だが、為政者の政治が天の心にかなわない事に対して天が罰するのだという事を。その時政治の衝にあたる者は責任を取ったという。

いま、そんな事を言ったらほとんどの為政者は失格なんだろう。みんな言っても仕方がないと諦めているのだろうか。一度、昔の聖人の声にも耳を傾けたらどうだろう。

〔2018.9.17〕

名古屋、魅力のないところ？

全国の八つの都市の中で訪れたいと思う事の最も少ないのが名古屋だという。名古屋市も何とか、行きたいと思えるような町作りをしたいと一生懸命になっている。しかし、今年も最下位だったという。これを聞いて、成る程と思ったり、残念だと思ったり、いいではないかと思ったり、色々の感慨がある。皆様方はどう思いますか。

私にとっては、とても住みやすいいいところだと思う。確かに人を引きつける目玉になるようないわゆるパワースポットなどはひょっとしたら無いのかも知れない。ただ、細かに見れば、人々の知らないいろんな見所がある。

最近では、夏の暑い最中に日本ど真ん中祭りなどと多くの人々が寄ってくる。暑い最中に、更に暑そうな物を着てご苦労様と思う。ただ、それで魅力が増すとも思えない。暑いのも評判である。これによって人を呼ぶ事も出来ない。最も、世界的に見れば、カリフォルニアのデスバレーのように摂氏52度というのを売りにしている観光地もあるのだけれども。

しかし、油断は出来ないけれども、近年、日本各地で起こっている各種の自然災害が、どういう訳か名古屋を避けている。我が学生時代から関東大震災並みの東海沖地震が迫っていると、始終脅かされ、避難訓練をしてきた。いつの間にか、南海トラフによる大震災に置き換わっている。確かに、各種データから言えば、そういう危険が迫っているのだろう。そう言われてからも、中越地震、阪神大震災、東日本大震災、大阪北部地震、北海道地震がこの地方を避けるかのように起こっている。これはこれで結構恐ろしい事であるが、今のところ無事である。

もう60年も前になるが伊勢湾台風はこの地方を襲った。２０００年の東海豪雨もかなりの被害をもたらした。私の記憶ではこの二つが最も甚大な災害だったように思う。

他の地方に比べれば我がこの地方はそういう自然災害から割合逃れられているように思う。地震や台風が訪れたくないと思っているなら有り難い事だ。

〔2018.9.24〕

この夏の異聞

平成30年、平成最後の夏、暑さとか自然災害、台風や地震については言い尽くされ聞き飽きたと言っては叱られそうだが、とにかく日本だけでなく、世界的に多彩だった。今や、暑さそのものが自然災害の仲間入りをした。

そんな中、特別異聞などと事新しく言うほどの事ではないが、自分の耳で確かめて、ああ、本当なのだと思った事があった。

この、誰もが暑いと思っていた暑さについてだ。よく、熱中症に罹るお年寄りについて暑さをさほど感じないのだというのを聞いていた。本当にどうもそうらしい。お盆に古くからのお檀家さんに棚経に行ったとき、そこのお婆さん、私より一回り上の90歳の方が、「和尚さん、今年の夏は涼しいですね、お盆も楽でしょう」と真顔で仰有る。そして、クーラーどうしましょうと。お願いしますと頼んだが、そこにあった温度計は丁度30度を指していた。私はもう、暑くて暑くて堪らなかったのだが、その方は涼しい顔をしていらっしゃった。

私がありがたいなと思ったのは、この夏、蚊に刺される事が殆ど無かったことだ。いつも、ちゃんと網戸は閉めてあってもどこからか入ってきて、寝ている間に手とか足の指をさされて無性に痒かった事が何回もあった。今年は一回もない。草取りをしていても、夕方になっても蚊に襲われる事がなかった。

聞けば、今年は殺虫剤や蚊取り線香の売り上げが例年よりかなり落ちたという。私の所だけではなかったのだ。

考えてみれば、水たまりは殆ど無い。余り暑くて蚊が活躍できなかったのだともいう。確かに一寸涼しくなってからは何回も足に止まった蚊をぱちんとやった。

あの暑さは蚊にも影響していたのだと知れば、蚊に食われなかったのには助かったが、あの暑さとどっちかと言われれば返答に詰まる。

〔2018.9.29〕

自未得度先度他が悟り

以前から、菩薩のあり方として自未得度先度他の心という事を聞いて知っていた。自分の身を犠牲にして人を救うという事が実際にもあり、そのことは勿論称賛されていた。ホームに落ちた子供を救おうとして自らは命を絶ったというような事、これに類する事は時折耳にし、新聞、テレビの記事にもなった。

そのことについて、私は恥ずかしながら全面的に心から賛成できずにいた。自ら命を絶ってしまっては菩薩としての修行も断たれてしまうのではないかと思ったからだ。そんな事を口にした事もあった。その時には人それぞれの考え方だから仕方がないと言われた。道元禅師も「正法眼蔵随聞記」の中で「人は思いきって命をも捨て、身肉手足斬る事は中々せらるるなり」「ただ、より来たるときに触れ、物に随って心器を調うる事難きなり」と仰有っている。

命を捨てる事と心器を整えて修行に励む事と、その大事さはどうなるのだろう。

そんな事を思いずっとこの命題については気をつけ考えていた。それについて、『傘松』（平成三十年九月）誌上の宮川敬之師による特別講義録「十二巻本正法眼蔵講説第四「発菩提心」巻―三つの「発菩提心」―（下）」の中での、「釈尊や祖師方の修行の利益《りやく》のおかげで私たちは「自未得度先度他」の心、すなわち発菩提心することができ、我々の修行もその利益により、見知らぬ他人にも自未得度先度他の心、発菩提心させることができる（取意）」に触発された。更に種々これに関して述べられていることにより、積年の心のモヤモヤが払拭されたように思う。まだ、十分上手くは表現は出来ないけれども、私の理解の究極の所は標題に示した「自未得度先度他自体が修行の究極の悟りそのもの」だということだ。

たとい、命は落としても、その行為自体がその人の究極の悟りであり、死んでも他人に利益を与え続けるのであると。

〔2018.9.29〕

月参り異聞

この頃、このお宅には月参りに行くのに二の足を踏むようになった。今日も、行くなり、一寸雨が降りかけていたのであるが、お嫁さんの悪口。スマホで天気予報を確かめたから、雨は夕方までは降らないからと言って、洗濯物を干して出かけてしまった。困ったものだ、どうしようと。

返事のしようもない。黙ってお経を読み始めた。読経中は流石に黙っていたが、終わるやいなや、手が痛いとか、足が痛いとか、首がどうだとか色々言われる。医者で一杯写真を取って貰ったと。それで治ればいいけれども、そんなはずはない。医者のメモをのぞき見したら、赤く老化、老化、…と書いてあったそうだ。それについては黙っていたそうなのだが、何某先生が言うにはあなたの弟さんも専門家なのだから見て貰ったらどうかと何回も言うという。その弟さんという方もよく知っているが、その方曰く、整形外科に行っても治らない患者は一杯居て、あちこちを渡り歩くから、何処も満員なのだと。

毎回、あそこが悪い、ここが悪い、あの医者はちっとも言うことを聞いてくれない、よそ事のような返事をするとか、ひっきりなしに止めどもなく喋る。

ほとほと弱ってしまう。私はいつものように、そんなに信用できないお医者さんに行くのはやめたらどうか、私が思うには、お医者さんに行くから悪くなるのだと。その婆さんも心得たもの、皆さんそう仰有る。でも……。

首の痛みについて、枕がどうのこうのと、むやみに詳しく説明してくれるが何も分からない。寝ると具合が悪くなると言う。寝ずにいたらと憎まれ口の一つも言いたくなる。

事実息子さんも娘さんも「馬鹿なことを言っていてはいかん」とたしなめていらっしゃるようだ。もう、文句を言っても、聞いてくれる人がないので私が標的にされるらしい。

それで私は、「医者にとってはあなたはいい患者さんなんだけれども、調べて貰うだけでは治りませんよ、私の考えではお医者さんに行かないようにすれば自然治るように思います」と。

憮然としているすきにおいとました。拙寺には愚痴聞き地蔵様がお祀りしてあり、お地蔵様はいつまでも黙って愚痴を聞いて下さる。次回は、お地蔵様に愚痴をたんまり言っていただくことにして、私は御免蒙りたいと思っている。

〔2018.10.10〕

伏木相撲大会

高岡市の伏木地区で伏木相撲愛好会が主催して毎年開催される相撲大会、地元では「伏木場所大相撲」と称している。この相撲については以前テレビの放送で「湊町相撲ボーイズ」という番組を見て興味を持ち、参加したいなと思っていた。この地区の人々の相撲大会ということで、なかなかよそ者の参加は難しいと言われていた。それでも何とかと思って世話をなさっている方に尋ねた。私が坊さんだということから、その地区のお寺さんにツテを求めたところ、快く受け入れて貰えた。２０１４年のことだった。

その年、新しい大関が生まれ、その綱打ちの行事、初めての伏木神社での土俵入りなどの行事に参加した。そしてその年の大会から相撲に参加させて貰った。その後の懇親会、伏木国技館というところでの飲み会にも参加させて貰い、私の四股名も「語彙の海」をもじって、「゛鯉の湖」とつけて貰った。「語彙」では読めないから「鯉」に「゛」で「ごい」、鯉は「海」では死んじゃうから「湖」とみんなで決めてくれた。初年度は一勝二敗、三回目の16年には三戦三勝して優勝決定トーナメントまで進み、敢闘賞を貰った。副賞は米５kg。今年も何とか一勝をと思って臨んだ。最初の一戦は若い方で私より大分大きな人だったが、何とか粘って勝った。二戦目は、去年の優勝者、今年も優勝決定戦まで進んだ人だった。三戦目も今年の優勝者、何とか怪我だけはしないようにしたいと思った。勝てるはずのない対戦だけれども、こういう強い人に当ててくれたのは光栄だった。特に今年の優勝者、十四歳の力士とは六十四歳の年の差を売り物にして皆さんの興味を誘ったようだ。怪我もなく済んでホッとした。

　今年で29回目の開催、『相撲』（2018.10）にこの大会のことが載っている。その始まりが面白い。地区の若者が県の相撲大会で最優秀新人賞を得た。そのお祝いの席で「オレだって負けんぞ」と言い合いになり、小学校の土俵で実際に相撲を取った、ということだ。それが元で今に続いている。然も、何もかも本格的にやろうとしている。大相撲さながらの番付表、実際に書かれる方にお会いして聞いたが、二週間はみっちり掛かるとのことだ。行司も、本物の衣装、呼び出しも大相撲さながら、弓取り式、大関の土俵入りもある。他に、幼稚園児から、小学生の取り組み、赤ちゃんの泣き相撲まで盛り沢山である。この地区の方々のこの相撲大会にかける情熱はちょっとやそっとの物ではない。ほぼ、伏木地区の全員が関わっている。そして関係者は年中この大会に向けて想を練っている。

　ただ、最近は高齢の力士が少なくなった。私は参加したときから最高齢であったが、それでも六十代の方も十人近く居た。ところが、今年は多分六十代は三人でなかったかと思う。若返りは必至であるけれども、年寄りとしては一抹の淋しさも感じる。

〔2018.10.10〕

風疹

　今年は風疹に罹る人が、10月現在で昨年の10倍にもなっているという。盛んに、妊娠中の人が掛かるとお腹の中の子供に心臓その他に重い障害をもたらすから、妊娠を希望する人や、妊娠中の人の周りにいる人は、是非予防注射を受けるようにと繰り返しラジオやテレビの関連ニュースで述べている。風疹自体はさほど重篤な病気ではなく、風邪程度なのでつい見過ごしてしまうのである。

　実は、私には随分辛い経験がある。家内は三男坊がお腹にいた妊娠初期の頃、上の子を幼稚園に迎えに行くとき、近所に居た子供の友達と立ち話をした、たったそれだけで風疹に感染して、お腹の子供が酷い目にあった。その友達は風邪を引いたと言って休んでいたのだけれども、実は風疹だったのだろう。それに感染したのだ。

　産婦人科では、出産を断念するように言われた。随分悩んだけれども、仕方がないと諦めた。そして、また、病院に行くと一転医者に生むように勧められ、医者の言うがままに出産した。

　案の定、十指に余る障害を持った子が生まれた。今や、何々だったか細かなことは忘れてしまったが、出産後チアノーゼが酷かったのは、心臓の所為だったようだ。鳴き声も弱々しかった。帰宅しても抱くのも怖いくらいだった。恐る恐る壊れ物を扱うように育てた。一向立とうともせず、心配した。

良く覚えていないが、二歳を過ぎた頃に漸く立って歩けるようになったと思う。

三歳になって直ぐに心臓の手術、主治医からは心不全を起こす可能性を指摘されていた。幸い、手術自体は上手く行って手術室から帰ってきた。ただ、予後は芳しくなく、特に採血の結果、肝臓などの検査値が良くなくて、一進一退。70日の入院だった。それで、他の入院患者と仲良くなってその病室にもはいり込んで食べ物を貰ったりした。婦長（当時の言い方）にこっぴどく叱られたりした。家内が下の子の面倒を見なければならないので、私が付き添ったが、婦長はそれも不満だったようだが仕方なかった。真冬の夜中、病院の外、雪が綺麗だったことが印象に残っている。

その後一年経ってから、眼瞼下垂の手術、今度は遠い豊明の病院だったので大変だった。この時もほぼ70日の入院だった。その後も何度となく、尾頭橋の支院の様な病院に行って検査をして貰った。他にも睾丸の手術、この時は退院した後、暴れて遊んでいて、手術跡が弾けてしまい、また病院に行ったりもした。

後何があったか、もう余り覚えていないが、小学校低学年の内まで、いろいろ障害のある部分の手術をした。有り難いことに、我慢強い子で、泣いたり喚いたりしなかったのは本当に助かった。しかし、こういう心臓に元々弱みがあった所為で、別の病気に罹り、18年の生涯を閉じた。この子については実に色々書きたいことはあるが、ここでは、風疹に関わることだけを書いた。げに恐ろしい風疹症候群だ。是非、そんなことにならないようにお気をつけいただきたいと思う。

〔2018.10.11〕

羹に懲りて

台風の当たり年の今年、鉄道会社は、計画運休などということを始めた。被害が出てからでは何とも成らない。事前に被害のないようにという思いからである。分からぬでもないが、乗客の身になってみれば、なぜ?と思うこともある。発表のタイミングも難しい。知らずにいて帰宅できないという人もかなり居るらしい。自己責任というのは酷だ。

21号が関西空港を襲って機能不全になったその日、私は午前中に東京に向かった。予定していた新幹線より早い時間に行ったので無事東京に着いた。もう少し遅かったらひょっとしたら新幹線内に閉じこめられたかも知れない。東京では持っていった傘も使わずじまい、多少風は強かったが、新幹線全線不通というのは全く解せなかった。何か他に原因でもあったのか、そういう報道はなかった。翌《あく》る日の新幹線は超満員で大変だった。

22号も猛烈だったそうだが、日本には来なかった。次は24号、9月29日には南西諸島の近くをゆっくりゆっくり進んでいた。その頃でも、一体、日本海を通るのか、太平洋沿岸を通るのか、予報円が大きすぎて、はっきりしていなかった。それが翌30日には九州に接近し太平洋上を進み、紀伊半島に上陸し、名古屋でも伊勢湾台風並みの高潮が警戒された。そして、西日本の鉄道は軒並み運転を昼頃にはやめてしまった。その後急速に速度を速めて日本列島を縫うように縦断していった。

首都圏でも午後8時以降運行をやめたところが多い。空の便については、危険なので欠航も仕方ないとは思うけれども、鉄道が早々と止まってしまうについては、電気の計画停電などと同じく余程の十分な対策が取られなければならないと思う。

お陰で台風の規模の割には、被害は少なかったのだろうけれども、何か、羹に懲りて膾を吹いているような感じを持った。いまだにこんな思いを拭いきれずにいるが、私だけだったろうか。

〔2018.10.12〕

元気を出して

この頃近所には子供がめっきり少なくなった。姿を見かけることすらあまりない。以前、私が住む小さな町内に私が小学生だった頃、同年生が7名も居たなど今から言えば嘘みたいだ。第一、我が学区にあった小学校が消滅してしまい、隣の学区と合わせて小さな小学校になった。それでも一学年10名たらず、名古屋市内全域から帰国子女などを集めて、漸くクラスが成り立ち、全校で１３０名そこそこになった。我が町内には子供はおろか、住人の姿も少ない。昼の人口は相当でも、ここに住んでいる人は誠に僅かになった。

秋祭りのシーズンになった。かつては、我が町内にも獅子頭があり、子供達が担いで、元気に走り回ったものだが、今やそれは遠い過去のことになってしまった。獅子頭自体何処に行ったのか、尋ねる人もない。

今日、月参りにいった先で、伺ったお宅の前が獅子の宿になって、何人かの大人達に混じって、子供の姿が散見された。この辺りには未だ子供さんもかなり居るのですね、と言えば、この辺の子供達ばかりではないとのこと、ここでもめっきり人の数は減ってしまったようだ。

その子達が、獅子頭を担いで「元気を出して…」といって練り歩いていたが、丸で元気がない。自らを励まして「元気を出して」と言っているようだが寒々としていた。ただ、まだ、形だけでもこういう氏神様祭りが残っているのは、嬉しいし、保存しなければと思うが、ここも早晩無くなるような気がして淋しかった。

今朝、お地蔵様のお水を換えていたら、「ここの主ですか?」など古風な言い方で、ある老人に呼び掛けられた。話を聞くと、小学校時代にこの町内にあった塾のことを尋ねられ、それは記憶にはあるがもう駐車場になってしまっている旨を答えた。お年を聞くと私より3歳ばかり上の方で、今は鎌倉に住んでいるが、癌を患い余命幾ばくもないから、昔の所を尋ね歩いているとのことだった。

こんな出会いがあったので、無性に淋しいお祭り風景が気になった。

〔2018.10.13〕

真相が分からない

貴乃花騒動がまた起こった。もう、相撲協会を退職するということで一応のケリは付いたようにみえる。我々は単なる一ファン、まさに部外者ではあるが、すっきり決着が付いたとは思えない。

去年の日馬富士の暴行事件が未だ尾を引いている。あのとき、巡業部長だった貴乃花親方はその職責を十分果たさなかったことを咎められてついには協会の理事を解任され、最下位の年寄りにまで格下げされてしまい、先場所では、土俵下で、勝負審判を務めていた。

その原因もこの事件に関して全く沈黙を守り、相手の言うことも聞こうとしなかったことだと思う。弟子を守るのは親方として最も重要なことではあるが、同時に巡業部長として、出先で起きた事件について協会本部にキチンと事の顛末を分かる範囲で報告する義務はあるだろう。その怠慢を責められたのは仕方ない。勿論、事件について刑事告発をすることは必要な処置だったとは思うけれども、その間に日馬富士側が何度も接触を試みても応じなかった。日馬富士の親方も随分奔走した。

その間に、一体どういう事なのかは推測ばかりが飛び交って一向はっきりしない。部外者にはどうでもいいことかも知れないが、一ファンとしては歯痒かった。この時、貴乃花親方がその味方に対しても、反対者に対しても真相を語り、自分の考えを吐露していればと惜しまれた。

今回、退職に至ったことについても、やっぱり事の真相が分からない。

貴乃花親方は日本相撲協会に退職願を提出したあと、その理由を説明。「本年3月9日、貴ノ岩の傷害事件に対する協会の対応に対して、内閣府公益認定等委員会に告発状を提出した。その後、弟子の不始末もあって、告発状を取り下げ、降格処分を真摯に受け止め、一兵卒として親方の業務、審判業務に粛々と従事してきた。しかし、8月7日、外部弁護士より書面が届いた。告発状は事実無根な理由でなされたもの、と結論付けられていた。私は事実無根ではないと書面で説明して参りましたが、親方を廃業せざるを得ないという有形無形の要請を受け続け、告発内容は事実無根であることを認めるように要請され続けた。真実を曲げて、告発は事実無根だと認めることは私にはできない。このままでは、私は一門に所属することが出来ず、力士は相撲に精進できない。断腸の思いだが、千賀ノ浦部屋に所属先を変更させていただき、私は年寄を引退する苦渋の決断をした」と語った。

　これについても、告発内容が何で何処を事実無根と言われたのか、全然分からないので同情はするけれども、そうだそうだと擁護することが出来ない。

　私の乏しい経験でも、自分の意見は、賛成する人にも反対の人にもキチンと繰り返し述べて、少なくとも主張だけは分かって貰う必要があると言うことだ。これを繰り返している内に、反対だった人もいつの間にか同意見になることすらあった。何と言っても、自分の考えをよく知らせること、今度の事件では、事の真相をさらけ出すことが必要だったと思う。

〔2018.10.15〕

私の仏教 ―― 私の死生観

最近、「人生１００年時代」などと言われ、人類が経験したことの無いような超高齢化社会を迎えようとしていると言われます。平均寿命は男性81歳、女性87歳まで延びています。これは生まれて直ぐ死ぬ人まで含めた平均寿命ですから、今、81歳の男の方、87歳の女性の方は、まだまだ平均余命があるわけです。言わば今まで生きてきた実績を評価するわけです。あと何年か、私は知りませんが、いつまで経っても、限りなく余命は短くは成りますが、もう、これでお終いということには成りません。そういうわけですから、この私も含めて皆さん方どなたも、最期は必ずあるのですが、それが何時かは分かりません。

それで、その最期を迎える準備、最近では終活などと言われていますが、そういうことについて、私自身の心の準備ということを申し上げたいと思います。そしてこれは徹頭徹尾私自身のことで、皆様方がどう考え、どうするかは全て、皆様方にかかっているのであります。

最近、私は初めは小さな集いで請われて話し、また昨年は台湾大學でありました理系中心の学会「中日工程技術研討会」で「私の死生観」と題して話し、今年も大幸セミナーで「人生を終えるに当たって」と題して講演させていただきました。私自身の中では色々の経緯があったことは当然ですが、もう、現在、特に希望することも心配することもなくなった、やりたいことはありますけれども、どうしてもということはなく、特にしなければならないという責任もなくなりました。

こう言うと腑抜けになったみたいですが、そうでもありません。公職は全て退き、僅かにボランティアでやっていることに若干の責任はありますが、言わば閑人であります。それでも、結構忙しくはしております。忙しいのは、以前だったら、「年寄りのくせに馬鹿なことを」と言われたであろうようなことをしているからであります。正に、年寄りの冷や水を地でいっています。やっていることはと言えば、相撲・レスリング・ジムでの筋トレなどであります。これで結構な忙しさであります。

年金生活者でありますが、もうこの年になっては特に欲しい物はなく、博打などとは縁がなく、車も止め、テレビでよく宣伝されている頭髪に関する悩みもありません。何よりお医者さんに殆ど縁切れになりました。叱られますが、健康診断は受けません。わざわざ病気を見つける必要などありませんから。不治の病に罹っていてもそれはそれで自己責任、増大する医療費の節減にほんの少しでも貢献したいと思っています。後にお金を残すことも、せいぜい自分の葬式代だけでよかろうと思っていますので誠に気楽であります。

ただ、寺に住まわせて貰っていますので、有り難いことに住まいの心配は日常的な修理保全だけですんでおり、恵まれていると感謝しております。

こういう事ですが、全く私だけの勝手な言い分、皆様方のお役には立つまいと存じます。失礼いたしました。いい年をお過ごし下さい。

〔2018.11.5〕

人間としてアウト

東大生以外は下界の人間と言っていた東大生、その言動は人間としてまともでないとしか言いようがない。親を初めとする親族でも、刑務所に入って出直さなくてはと言っているという。果たしてそう簡単に直るか。元々は幼少時からの親の教育自体が間違っていたのだろうと思う。この人間失格のような学生を入学試験では一体どう見分けることが出来るだろう。かなり時間を掛けた面接か、作文くらいしか思い当たらない。高校の内申書にそれを期待したいが、それは無理だろう。

こんな出来損ないの話が日本ではテレビの話題になる。と言うことは他にはそんなにはないと言うことか、そう願いたいが、そうばかりでもないように思う。あの、今、丁度裁判中のあおり運転で、二人を死なせた若者、一寸注意されただけで逆上してこんな事をしでかしてしまった。注意されたのは自分が悪かったのだが、そうは思わない、勝手な思い込み、甘やかされて育ったのかも知れない。先ず、この世の中は思い通りにならないということを骨身にしみて感じるほかない。〔2018.11.5〕

東大生以外は下界の人間

平家全盛時代、平時忠が「この一門にあらざらん人、皆人非人なるべし」と言ったと平家物語は伝える。その平家の運命は「祇園精舎の鐘の声、諸行無常の響き有り……」で知られるとおり儚いものであった。

俳優の坂上忍がこの前25日、フジテレビ系「バイキング」で、強制性交等罪で起訴された元ミスター東大候補だった稲井大輝被告について、番組で共演したことがあったと明かし「記憶に残っている」と語った。番組で、この東大生稲井被告の経歴などを紹介。有名私立高校から1浪して東大へ。雑誌インタビューで「一生モテていたい」「ホント自分、偏差値高すぎて申し訳ない」など軽薄さ全開のコメントを残し、YouTubeで「東大生以外は下界の住人」などと言い放っていたことなども紹介した。かなり押し強く、弁も立ち、番組でも目立つ存在だったという。

しかし、強制わいせつ罪で逮捕された。確かテレビでは親族の方々も手を焼いていたような風に報じられた。それだけの処罰を受ければいいという様子だった。親族がそうなのだから、端から見れば鼻持ちならない人物だったのだろう。反省して真人間になって欲しいものだ。

東大生以外は下界の住人だとすると、自分は何様なのだろう。平時忠の言葉が直ぐに脳裏に浮かんだ。言っていることはほぼ一緒だ。人間成り上がって有頂天になるとこんな事が平気で言えるのかと呆れる他ない。彼の末路は、平家と違って滅びることはなかろうが、一体全体どうなのだろう。

他の東大生もとんだ迷惑を蒙っているのだろう。こんなのが成績だけ良くて入学を許可されるのだというと、どこかの大学で入試の点を操作して居たのとは又別に、成績だけではなくてキチンとその人間性も測れるようなまともな作文なども必要なのかも知れない。

〔2018.11.5〕

障害者雇用水増し、お咎め無し

今朝2018年11月13日の、中日新聞朝刊のトップ見出しが、「障害者雇用水増し処分せず、厚労省方針『違法行為なし』」。

目を疑った。読んでみても全然釈然としない。「道義的な責任はあるが、処分に値する違法な行為はなかった」と。そして、長年にわたりずさんな運用が行われたことへの責任が一切不問にされれば、野党や障害者団体からの批判は必至だ、と。

検証委員会は、厚労省職業安定局の対応を「障害者雇用の実情への関心が低く、他省庁の実態を把握する努力をしなかった」としつつ、職員個人の悪質な行為や明確な違法性が確認できず、組織上の問題だから、個々の職員の処分は難しいと判断したという。

個人の処分云々はともかく、「組織上の問題」だというならそれを何とかしなければいけないのではないか。普通、或る組織が問題を起こせば、その長が責任を取るのではないか。ただ、「二度と起きないように幹部にしっかり注意し、指導したい」と言っていれば済むのだろうか。今の厚労大臣の責任ではないかも知れない。代々の厚労大臣の責任である。一体、どういう形で責任を取るのだろう。

地方自治体では愛媛県では副知事らを処分したし、三重県では知事自身減給処分にしている。

この大甘な厚労省の態度、長年の積弊を微々たる物だと放置するものだ。とにかく、国民が納得できるような処置を考えて欲しい。

〔2018.11.13〕

翌日の新聞では「処分見送り　省庁横並び」「雇用水増しで総務や経産など方針」とあり、長年のことで、個人を特定しにくいとか、違法な行為はないとか、事務上のミス等々の理由である。これに対し、障害者団体や処分を決めた自治体は「甘い」と憤りの反発、とある。「みんなが悪い」時は特定の誰かを処分することは難しいかも知れないが、悪いみんなをそのままにしておいていいはずはない。

〔2018.11.14〕

私の仏教 ―― 男の子

小学二年生の男の子、よく勉強するし、勉強が好きだという。運動能力も相当高い、何より、やる気があってやるので何でも上達する。少し前までは或る有名受験校○○中学に行くと言っていた。今の水準を維持していけば十分合格できるだろうと思われる。しかし、最近になって、僕○○中学やめて、矢っ張りかなり有名な受験校△△中学にすると言いだしたという。それで何故かと聞いたら、○○中学は男子校だから男ばっかり、僕、女の子が好きだから、△△中学にするんだと。真面目にそう言うという。それを聞いた母親は可笑しかったと。然も、真剣に言うからとても可愛かったと言っている。その姿が目に浮かぶ。

この子、未だ二年生なのに立派に女友達が居て、始終手を繋いでいるし、「僕の○○ちゃん」と悪びれもせずに言う。純粋な気持ちで、何も思惑もないから可愛いのである。

これが、男の子の本質なのだろうか。私自身、奥手であった所為か、異性に興味を持ったことは、そんな頃には全くなく残念に思う。

三つ子の魂百までなどという、この子は三つ子ではないけれどもこの気持ちは一体どこまで持つのだろう。

「幼な馴染み」という歌がある。歌の中では、この幼ななじみは結婚することになるのであるが、どうするか、見守っていこう。

〔2018.11.30〕

私の仏教 —— 汝これ彼に非ず

自分の背中は見えない。余程からだが柔らかく、首がろくろ首みたいであれば、後ろから自分の背中を見ることは出来ようが、普通はそんなことは出来ない。鏡を上手に使って背中を見ることは出来るかも知れないし、写真を取って貰えば、見ることは出来る。

しかし、そこに見える背中はほんとに自分の背中か？　私は、余程疑い深いからか、素直にそうだとは言えない。正にそれは影である。影は物そのものなのだろうか。

宝鏡三昧という日常私たちが読誦するお経の中に、「宝鏡に臨んで形影相見るが如し、汝これ彼に非ず、彼正にこれ汝」という語句がある。優しいようで、かなり理解することは難しい、典型的な禅語である。鏡を見れば、自分と、鏡に映った自分が、おたがいに見合う。普通のことである。ただ、見ている自分は、決して鏡の中の影ではない、しかし、鏡に写った影は正しく自分だと言うのである。自分は映った映像ではなく、映った映像は自分だというのである。分かったような分からないような。

映像と実体と言うことで考えてみよう。写真に撮った映像は時が経っても変わらない、しかし、実体の方は変わる。だから、影は自分ではないと言うことなのだろうか。しかし、鏡に映った影は、写真の映像とは違い、実体と同じように変化する。それでも、自分は影ではない。だが、影は自分だという。何か変な感じがする。

この伝で行けば、ろくろ首でなくても鏡に映った背中は自分の背中そのものだと言うことになるのだろうか。そして、写真に写った背中はどうなのだろう。

時間ということも関わってくるから、中々この問題、優しそうで難しい。本当に、「彼正にこれ汝」と言えるのだろうか。「汝これ彼に非ず」というのは確かに、自分は、鏡の中に映っている影ではない、ということは、何となく分かるのだけれども。

私にはこの程度しか理解できない。矢っ張り気になるので、もう少し勉強します。〔2018.11.30〕

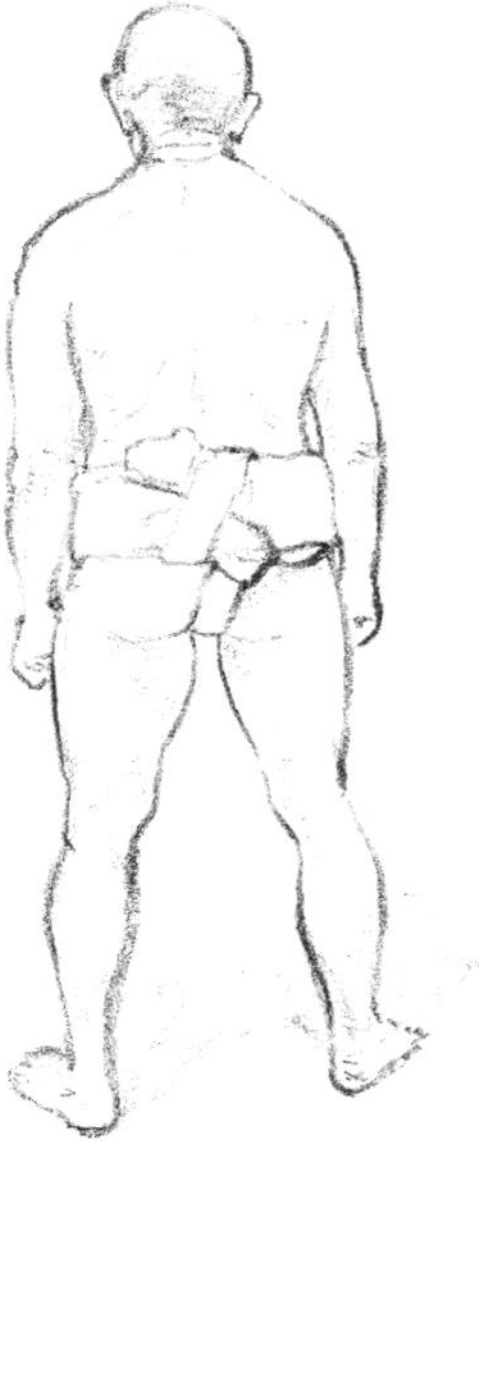

消費税、軽減税率の怪

来年10月から消費税が10％に増税されることになっている。安倍首相はわざわざ今度はちゃんと上げると宣言した。

今度の消費税増税に関しては、一部商品を８％に据え置くという措置が伴っているのが厄介至極である。小規模小売店などでは大変なようである。これを軽減税率などと称しているが、間違った言い方である。今より、税率を下げるならば軽減の言葉も納得できるが、ただ、上げないだけなのだから、軽減でも何でもない。据え置きである。こういうことが全然問題にならないのが私には解せない。そんなことを言うと、言葉の問題と片づけられそうだが、言葉は大変大事なことだと私は思う。

そのいわゆる軽減税率、つまり８％据え置きの物は食料品である。それが実にややこしい。食べ物であっても、外食は10％、スーパーなどで買う食品も持って帰れば８％であるが、イートインつまり、店内で食べるとそれは外食ということで10％、食べ残しを持って帰るのも外食なんだそうだ。こんな事がちゃんと守れるだろうか。

健康食品、いわゆるサプリは食品と称しているが、一体どういう扱いなのだろう。口に入れる物でも、酒類は10％である。酒は食品ではないと見える。

消費税増税に伴う買い控えに対する対策がややこしい。キャッシュレス化を進めたい思惑があるようである。年寄りには向かないことである。カードで買えばポイントとして２％を還元すると言っていたのがいつの間にか５％になっている。増税対策に使われる財源は厖大で、増税効果は半減するとも言う。それはどうでもいいけれども、どうも、何か姑息な感じがするし、不公平を助長するようにも思える。

私は経済学には疎いのだが、日本経済は、この消費税が始まってから駄目になったような気がするが、消費税は本当にいい税金制度なのだろうか。法人税率軽減のための手段のようにも思えるが、これはひが目か？

〔2018.12.4〕

スーツ

私どもは以前「背広」と言っていた物だが、今は「スーツ」というようである。私は、最近、と言うより、この数年スーツを着ることが殆ど無くなった。年に1回着るかどうかだ。それにしても、最近はこういうスーツはとても安くなったものだ。毎日着なければならない勤め人達にとってはありがたいことだと思うが、いわゆるサラリーマン達も色々な服装が目立つようになった。余り売れないから安くなったのか、売れるから安くなったのか、私にはよく分からないが、50年以上も前より、ひょっとすると安いのがあるのではないかと思う。

そんな私が去年暮れ、台湾であった学会で講演することになり、矢っ張りスーツを着なければと言われた。今更新調することもないので、以前に着ていたので適当なのはないかと箪笥を探したら、あった。念のために試着（と言うのも変だが）してみた。ピタリだ。当時の百貨店丸栄で作った物で、上着の内ポケットに製造年月日が書いてあった。昭和53年の物だった。実にその時で39年前の物だった。かなり値の張った覚えもある。5万円は超えていたと思う。招待してくれた台湾人に、そういう古いものだと言ったら、びっくり、よく着れるなと。

実は、私は、今78歳だが、50歳台には種々忙しいこともあり、私生活上のストレスもあってかなりの肥満体だった。体重自体、今よりは少し少なかったが、お腹の周り95センチ、正にメタボだった。当時のズボン（これも今はこう言わないようだ）は、今、履くと、げんこつを二つ入れても未だあまっている。

その昭和50年代は、勤め先の大学でも多忙を極め、健康に気をつける暇もなかったが、２０００年になった年、体の不調で居ても立っても居られないほどになり、肩こりなど何とかならぬかと、近所にオープンするという空手道場を訪ねた。エイヤッとやれば多少とも痛みが軽快するかと聞いたら「いいと思うよ、来い」というので入門し、通い出した。そこの最高師範と仰有る方は整体もされていたのでお願いしたところ、高血圧を指摘され、ウォーキングを勧められた。言われたとおり丁度2年間、毎日毎日照っても降っても40分間の早歩き、結果、血圧は正常になり、副産物としてお腹周りは70センチ台になった。現在多少のリバウンドはあるが、大体この体型を保っている。それで、40年前のスーツが着られたのである。

思い出話である。

〔2018.12.5〕

健康、食品、寿命

この頃人間の平均寿命は相当高くなっている。日本では、女性87歳強、男性81歳強になっている。つい最近、アメリカのパパブッシュ大統領が94歳で亡くなった。余分なことだが、トランプさんは仲が悪かったが、葬儀は国葬で鄭重に行うという、最近旗色が悪くなったので、共和党穏健派を取り込もうとの魂胆という。それはどうでもいいが、94歳という年齢は相当高齢に属する。そして、冷戦を終結させた一方の相手ゴルバチョフさんは86歳で健在。新聞には有名な作詞家の大中恩さんが94歳で亡くなったとある。我が町内でも、以前町内会長を務めていた人が、一昨日、同じく94歳で亡くなった。通夜に参列したが、町内の人々は私も含めて殆ど老人ばかり、余り見たこともない若い人達が居たので、どなたかと聞いたら、町内の人でなくて、取引関係の方々だった。もう、我が町内には若い人は殆ど居ない。

医療技術の進歩と、栄養がキチンと取れることが、この長寿に大いに関わっていると思う。今日の新聞を見れば、「血圧上昇抑制」「ストレス軽減」と食品関係の記事、テレビでも、青汁だの、酵素だのひっきりなしにコマーシャル。こんなのを見ていると平和な日本はありがたいと思う反面、肥満対策など贅沢な悩みも多いのに複雑な思いだ。町で行き交う人の中にも、どうするとこんなにも大きくなれるのか、日常生活は色々苦労があるだろうなと余計な心配をさせてくれることがある。健康も長寿も食べ物が大いに関わっていると思うが、食べ過ぎということも大きな問題である。

目を世界に転ずると、悲惨な様子に、ショックを受けることが多い。「国境なき医師団」が発行しているパンフレットを見てもまったく栄養の足りていない小さな子の写真に目を背けたくなる。しかし、それが、現実。日本での食べ残しの問題がいかに大きな問題かが思いやられる。個々の努力は色々はなしに聞くけれども、なかなか日本全体の問題として、解決に向けた方策が語られない。結局は政治の問題だと思われる。こんな事に力を注いでも票には成らないと今の政治家たちは思っているのではないか。意識を変えて欲しい。

〔2018.12.5〕

談合と忖度

今年の早い頃の新聞（2018.4.24中日新聞）に玄侑宗久さんがこんな題で文章を書いていらっしゃった。今、この言葉達を聞けば、余りいい意味は思い浮かばない。

「忖度」が余りいい意味ではないように思われ始めたのは、つい最近のことである。皆さん御承知のモリカケ問題に絡んで政府の役人達が、首相の意を忖度して、良からぬ細工をしたということからだろう。これは、未だにはっきりしていないと私には思われる。ただ、役人が忖度したというだけでは、事態は一向に進まない。忖度された方も忖度せよと言ったわけではないから、弱ってしまうだろう。それで中々問題の本質が明らかにならないのである。文書に「これこれと忖度した」とあればともかく、そんなことがあるわけはない。とにかく、「忖度」にとっていい迷惑な出来事だった。それ以後、揶揄を含めて余りいい意味ではない忖度がまかり通っているように思われる。言葉というものはいろんな要件によって変わるものだから仕方ないが、忖度に変わる言葉はおいそれとは見つからないので、惜しいことをした。

対して、「談合」は私の知っている限りでは最初から余りいい意味では使われていなかったように記憶する。元々、単に話し合うということだったこの談合は何時の頃からか、あることを内緒で話し合って自分たちの都合のいいようにするというようなことになってしまっている。今、本来の意味で使われることはほぼ無い。談合事件とか、談合疑惑とか、入札談合とか、先ず犯罪に関わりそうなことばかり、ろくな使われ方をしない。

言葉の中には、逆にプラスの意味に変わるものもたまにはある。直ぐには思い当たらないが、例えば、「評価」という語、ただ純粋にその価値を評定するだけの意味で使われることは当然あるけれども、「彼は、あなたのしたことを評価していましたよ」などと言えば、これは、「いいと認めていた」ということにほぼ等しい。わざわざ「良く評価する」と言わなくてもその意味になる。

とかく、政治の世界で問題になったりすると良くないことが多いみたいだ。困ったことだ。

〔2018.12.5〕

助動詞の意味

古典文法の勉強やテストに助動詞の意味ということが必ず問題になる。古典に限らず、現代語の文法においても結局は同じ事だと思うが、余り問題にされている様子はないし、問題にしたという記憶も薄い。一つの助動詞、例えば「る」について、受身・可能・自発・尊敬などという意味が区別される。確かに、その文脈によって色々な意味になることはあるとは思うけれども、よく考えてみれば不思議な話である。

宮下拓三という方が、『竹取物語助動詞解釈集成』という本を公刊され、私も一冊頂いた（右文書院　平成30年）。読んで何か言えと言われていたが、なかなか時間が取れず、やっとのことでかなり大雑把にではあるが読了した。

初めに今例に挙げた「る」が出てくる。全ての用例を意味ごとにあげてある。誠に労作であり、労大著である。竹取物語の助動詞の意味別の用例を列挙してあるのだから、教育現場では調法されるだろうと思われる。そして、多くの注釈書におけるその意味の取り方なども列挙してあり、一つの用例について違う解釈のあるものなど一目瞭然である。

これを読んで私が強く感じたことは、確かに一つ一つ特定の文脈では、それぞれ適切な意味があるだろうが、何故、一つの環境、つまり、一つの文脈における意味が、違って解釈されるのかということだ。

どう考えてもこうしか取れないという例も当然あるが、中には色々な意味に取られるのもある。列挙されている注釈書の説を見れば思い半ばに過ぎる。

中には、指定断定の「なり」と伝聞推定の「なり」など明確に違うと思われるのだが、それすらどちらとも解釈されるのである。語形としては区別が付かないのである。

こう見てくると、私には、この助動詞の意味の区別をすることが無意味だとは言わないまでも、同じ語形、同じ文脈に置かれたものは、どのようにも解釈できるのではないかと思えてきた。勿論、典型的にこれはこうしか考えられないというような例もあろうが、多くの助動詞は、幾つか意味が付与されているように見えて、そのどれと決めることは出来ず、どのようにも受け取られうるのではないかと思う。

こんな事を言うと、まったく妄言のように思われかねないが、現に、色々の意味に考えられ解釈されていることが、それを証しているようにも思う。

勿論一々の実例を挙げて論証しなければ、話にならないと言われそうであるが、いずれ時をみて、この考えを敷延したい。

〔2018.12.6〕

私の仏教 ―― 無用者の用？

完全退職後6年近くになる。有り難いことに体は未だ丈夫だし頭も変にはなっていない。けれども、特別仕事と言ってすることは無し、殆ど世の為には役立たずである。こういうのを無用の者と言うのではないかと、内心、私はそう思っている。時間はあっても以前続けていた研究には中々向かえない。研究者の中には老いてますます磨きの掛かる人もいる。そういう人を尊敬するが、自分はそうもいかない。退職後も以前の仕事を続けていればそんなこともなかったろうとは思うが、時間が経つと多くのことを忘れてしまう。未だ、同年代の人で非常勤講師などを勤めている人が居る。大したものだと思う。私などは、そういう柵《しがらみ》から抜けて、サンデー毎日を謳歌している内に、今更、もし非常勤講師でもと言われても引き受ける自信もなくなってしまった。もう一度やり直せばいいのかも知れないが、そんな気にもなれない。

以前先輩が言っていた言葉を思い出す。「資料が腐る」と、自分が作った研究資料も暫く使わずにいると何が何だか分からなくなり、役にも立たなくなる、というのだ。その時はそんなことは無かろうと思ったが、確かに暫く放置した資料は、他人にも分かるようにキチンと整理してあればともかく、作ったまま、いい加減にしてある物など、何も分からなくなって、結局使い物にならなくなってしまう。私の作った資料も大方そうなってしまい、もう、ゴミ同然である。

生活がこうなってくると、色々な変化があることに気づく。

例えば、政治的な問題に関しても、殆ど投げやりな感じになり、以前には感動したり、反発していたことに関しても、成るようになるさと関心が持てなくなる。トランプさん、習近平さんの会談についてもよくやってるな、くらいにしか思えない。嫌なニュースなど、一寸聞いただけで、スイッチを切る。ロシアが占領している、（こんな事を言うと叱られそうだが、そう思うのでそう言う）北方4島にしても、どうも返しそうにない、4島はおろか、2島すら言を左右にして簡単には返しそうにない。仕方ないなと思う。今朝の新聞の川柳、「島を餌に日本の蜜を吸いたがる」というのがあった。もういらんと言いたいところだが、元島民の方にはそうもいかないだろう。沖縄辺野古への土砂投入、困ったことをしてくれるなとは思うが、何とも成らない。

世界中の戦争、なぜおさまらないのか、困ったものだと歎くばかり。究極は全て欲の問題なのだが、人間万物の霊長だといいながら碌でもない存在だ。子どもたちの窮状を聞くと嘆かわしいと本当に心が痛むけれども何ともしようがない。フランスでも、石油の税金をめぐってデモ隊の暴動。カナダでは中国通信機器メーカー「華為」副会長をアメリカの要請によって逮捕拘留、中国で仕返しにカナダ人の拘留、華為の製品には、日本製の部品が多く使われているから、華為製品をボイコットすると日本も被害を被るとか、世界が密接に繋がっているからどこかを押せば、とんでも無いところがふくらむ。そんなことは、どうにもならないから、もう、どうでも成るようになればいいやという気になる。

ファッション、グルメなどテレビは広告花盛り、しかし、もう何を見ても食指が動かなくなってしまった、無用の者には馬鹿馬鹿しいとしか思えない。ああ、情けない。

せめて、元気な年寄りを演じて年寄り達を励ますことが出来れば、無用者の用を足すことにでも成らないか？

〔2018.12.14〕

私の仏教――元気を貰う

何時の頃からか、こんな言葉を聞くことが多くなった。私が一番印象に残っているのは、学生達の相撲大会の折、名大相撲部の後援会長として列席しておられた、加藤延夫先生の閉会のご挨拶の中でだった。「諸君の溌剌たる相撲を見て、今日は元気を貰った」といったようなご挨拶だった。それ以前にも聞いていただろうが、このお言葉が妙に脳裏にあって時に思い出される。ただ、その頃は、未だ私は若いと言うほどはなかったけれども、大した年でもなかった所為か、成る程とは思ったものの、さほど身に染みては感じなかった。

しかし、年を重ねるにつれて、この「元気を貰う」という表現が段々と身に染みるようになってきた。自分が年齢を重ねてきたからだろうと思う。

そう考えて見ると、色々な演芸や映画、芝居などを見ることも、精神のリフレッシュ、言い換えれば元気を貰うことに他ならないように思えてきた。

スポーツ観戦などはその最たるものかも知れない。だから、学生の相撲を見て「元気を貰った」と仰有ったのは正にピタリの状況なのだ。

私は「年寄りの冷や水」と称してこの年になっても、相撲を取っている。相手は、小学生から、かなりの年の人まで、種々様々。格闘技に類することはこの年齢の者は、見て楽しみ、それこそ元気を貰うことはあっても、余りやらない。それをもう数え八十歳になる者がやっているのには呆れられるが、私自身としては、この年で、若い人達と相撲を取っても勝負はともかくとして、特に怪我をしたり、後で動けなくなったりはしないことに、大変有り難さを感じている。それどころか、二年前から、レスリングの仲間に入れられ（と言っても、根が好きなので進んで入れて貰っているのだが）、毎月練習と称して楽しんでいる。これも、誠に有りがたいことと喜んでおり、このことをお年寄り達にお伝えして、元気を貰って頂いている。

　私自身、こんな事が出来るのを本当にありがたいことと思っている。ただ、何時まで、やれるか、それは分からないが、気力の続く限りは、年寄りの冷や水を呑み続けていきたい。

　後で気がついたが、以前は、この表現を「元気づけられる」と言っていたのだった。〔2018.12.15〕

私の仏教――人の上に人を作らず

福沢諭吉というと、今は一万円札かと思われるが、福沢諭吉の名前を聞いて直ぐに思い浮かぶのが、「学問のすすめ」という本と、「天は人の上に人を作らず、人の下に人を作らず」という言葉だ。

今年こんな事件があった。

ミスター東大と言われていた学生が、「東大生以外の人間は（下界の住民）」と豪語していた。東大経済学部に在籍する稲井大輝容疑者（24）が２０１８年10月、レイプで逮捕された。

その彼、髪の毛は銀色に染め、常にマスク姿、「東大生以外は下界の住民」「普段はセクハラばかりしてるんですけど」「こんなんで東大行けるからね」などと身振り手振りを交えて、得意になってしゃべっていたそうだ。ナンパの様子を撮影した動画もあった。

こんな発言、もともとまともなものでないことくらいは誰にも分かる。彼が勝手に分類してそう言ってるだけだ。これを聞いた人が、こんな感想を漏らしたそうだ。

片山さつき議員と同じ思考の持ち主のようです。

頭はいいが常識がない。

まともな社会生活はできないと思います。

等々。

世の中では、東大生や東大卒の人間は、よく「頭が良い」と言われる。しかし、実は、東大生や東大卒の人間の「頭の良さ」とは、偏差値教育の基準における「頭の良さ」にすぎない。そしてそれは「論理思考力」と「知識修得力」に優れているということだ。これは、勿論悪いことではない。しかし、これからの時代、それが武器にならなくなる可能性が高い。なぜか。「人工知能革命」の荒波が到来するからだ。東大卒の人材が得意とする能力は人工知能の方が高いのだ。

こういう、色々の反応が引き起こされている。

私が、直ぐ思いついたのが、驕る平家の全盛時代、平時忠が「この一門にあらざらん人、皆人非人なるべし」と言ったという事だった。平家は間もなく滅んだ。

〔2018.12.15〕

私の仏教 ―― カラオケ

皆さん、カラオケが好きだ。素人のど自慢大会でも歌の上手い人が多くなった。カラオケで鍛えているようだ。

私の師匠は、何かの折りに歌を所望されて、自分は、お経は読むが歌は唄わないし、唄ったこともないと言って断っていた。私自身は、歌は嫌いではなかったし、唄えないこともなかったけれども、このカラオケが流行るようになってから、カラオケで唄ったことはなかった。小学校のＰＴＡの役員達の会では、用事が終わればカラオケ喫茶などに繰り出してカラオケ大会に変身してしまう事が多かった。そういうところで、唄う気になれずにいると、遠慮していると思われ、唄え唄えと責められた。

学生達とのコンパの後でもカラオケのある喫茶店や飲み屋に繰り出すことが多かった。学生には達者なのが多かった。上手なのを聞いている分にはいいが、やはり唄った覚えはない。

今度、友達に誘われて旅行した。その旅先で、昼間っから店を開いている老人ばかりが集う飲み屋に連れられていった。五、六人しか座れないような店だった。後から入ってきた客、割合若そうだった。次々と唄っている。私の連れは一曲終わるごとに盛んに拍手していた。私もしなければいけないかなと思ったけれども、殆ど歌もまともに聞こえない、上手とはお世辞にも言えない、拍手したものかどうか、困った。その内に連れも唄い出した。前の人よりは多少まともだった。とうとう私も唄わされる羽目になった。実際、まともに唄える歌など無いが、古賀メロディーは嫌いではない。それで、何とか唄えるのを見つけて唄った。唄うと点が出てくる。他の人のより高い点だったのにはびっくり、ただ、一曲だけで辞めた。テレビ画面に歌詞が出てくるからうろ覚えでも唄えるのである。歌好きならこうやって練習すれば、上手くなるのだろう。

実際、自分の家にもカラオケ装置を備えている人を知っている。何時だったか、何かの折りにその人の歌を聴いたが、玄人はだしだった。

でも、私は師匠の言っていたように唄はもういい、お経だけまともに読めればと思う。〔2018.12.15〕

私の仏教 ―― 強風と月参り

冬から春先にかけては西風や北風或いは西北の風が吹くことが多い。以前大学に勤めていたときは、ほぼ名古屋の西の端に近い自宅から大学は東のはし、更に定年後に勤めたところは名古屋を突っ切って東に行ったところだった。行きは東の方の本山、東山辺りからは大した坂ではないけれども基本的に上り坂、帰りはその反対だ。ところが所要時間は、時には、帰りの方が相当早いときもあったけれども、大抵はほぼ同じ。と言うのは風向きの所為だ。行きは大して感じはしないものの追い風、帰りは向かい風だからだ。強風なら、更に差が縮まるどころか、行きが早くなってしまう。

つい最近月参りの折、かなりの強風で、所要時間のことが大いにはっきりした。いつもは大体四十五分から七、八分で行き帰りできるところ、名古屋の南の方である。北風がかなり強かった。だから、行きは大したことはなかった。それでも、風は油断が成らない。方向が変わるから、追い風と言ってもいつも追い風ではない。もっとも、向かい風になると、時にピタリとやむこともあるが、殆ど容赦なく、向かい風なのだ。

以前からお伺いしているお宅、旦那様が、遥か以前に亡くなり、その奥さんは私の一回り上の方だ。時々変な振る舞いがあり、心配しているが、普通は大丈夫である。よく、いつまでこうやって自転車でお伺いできるかなぁなどとお話しをする。今回のように風で難儀をすると余計その感を強くする。先のことは分からないけれども、あと何回、ここまで来ることが出来るだろうか。

以前は、もっと遠くまで出かけた。年に二、三回だったけれども、時間にして一時間十分ほど掛かった。それが、この二年前くらいにお邪魔した時、それより十五分ほど余計にかかり、一時間半近くになった。もう、この頃は、申し訳ないが、行く気がしなくなり、息子に車で行ってもらうことになった。こうして、段々衰えていくのであるが、出来るだけ、それを延ばしていきたいと思っている。

〔2018.12.16〕

いちご大福

何時の頃からか、大福餅の餡の中にイチゴを入れた「いちご大福」などという物が世に出て、割合評判が良く、未だに廃れていない。私も二、三回食べた。苺の味が肝腎なような気がした。酸っぱいのもある。

拙宅の風呂の電気を見ると私は変かも知れないが、いつもいちご大福を思い出す。白く丸い電灯だけれども、中で光っている部分が何か苺みたいに見える。

この頃は伝統的な食べ物も、色々アレンジされている。いちご大福もそうだけれども、草餅の中に、小豆あんだけでなく、クリームが入っていたりする。この前、テレビを見ていたら、アイスクリームの天ぷらなる物も出てきた。

そう言えば、昔から、味噌松風というお菓子があった。味噌饅頭は他にも売られている。甘さの中に少ししお味が利いて美味い。

〔2018.12.17〕

付き合いにくい隣人

最近の韓国の状況、私が、ニュースで知っている限りのことですが、誠に、平地に波乱を起こし、日本に対して何か事をしでかしているように思います。まったく、不自然な状態だと思います。

太平洋戦争中の徴用に関する裁判結果、一々を聞けば成るほどということだとは思いますが、それは、韓国政府に対して起こすべき裁判のように思います。私も、国際関係、国際条約について詳しいわけではありませんが、日韓基本条約を結んで国交を正常化したときのことは、朧気なりにも記憶しております。法外な要求に、当時の田中首相が受け取る方がびた一文も負けんなどと言うことがあるものかと憤慨していたことを思い出します。そのように、当時法外な要求をしてきたのであります。結局、当時の韓国の国家予算を上回る金銭的要求に応じた。

例の徴用に関する請求権に関しても、日本政府側は個々の人に対して保障をしたいという申し出たのに対して、韓国側は一括して要求したと言うことです。それはそれでいいのですが、受け取るだけ受け取っておいて、個々の被害者にはなしのつぶて、そのお金を他に流用したのです。今、韓国政府が言を左右しているのは、その経緯を知っているからでしょう。ただ、司法府の人達が、それを知らないわけはありません、知らないというのは解せないことです。

ところが、三権分立とか何とか、それはそれでいいですが、それは国内でのこと、既に国家間で決められたことに対してそれはどうなるのでしょうか。日本が今更それに随う義務があるのでしょうか。私にはよく分からないことばかりですが、付き合いにくい人達だなぁという感慨を催さざるを得ません。

個々の韓国人達は、私の知っている限りではまったくまともな人達ばかり、一旦政府の関係者となるとどうしてああなるのでしょうか。

例の、レーダー照射の問題、韓国側は次々と論点を変えて、日本を非難しています。聞いている日本人は嫌な韓国と否定的な気持ちに成らざるを得ないと思いますが、どうなんでしょう。日本の自衛隊に、相手を威嚇する意図があったとは到底思えません。丸腰の哨戒機が軍艦を威嚇するということなどありうるのでしょうか。ひょっとそういうことがあったのでしょうか。知りたいところです。韓国の言い分は、今のところ私は納得していません。納得できるような事実関係や、証拠が示されているようには思えません。未だ、北朝鮮は、不法な瀬取りということを行っている、それを監視しているのも哨戒機、韓国も一緒になってやるべき事なのですが、どうやら、同一民族の誼で、むしろ日本に敵愾心を抱いていると思わざるを得ません。

日本政府に対しては、キチンとした証拠を基に、キチンと、事実を明らかに世界に知らせておいて欲しいと思うことです。

〔2019.1.27〕

インフルエンザ

昨年末以来、この冬インフルエンザの流行は猛烈である。全国的に警報レベルを超えているという。患者数の推定はその都度違うが、２００万人を超えている。インフル（この頃はこう略称されるようになってしまったが）には、かなりの変種があるようだ。その内人に感染するのは今年は3種類と言われる。人によってはご丁寧に全部に感染する事もあるという。

今年は、今までもそうだったのかも知れないが、一旦、感染が確認されると、5日間くらい外出が禁止されている。感染を防ぐためには有効な手立てだと思うが、感染してから発症するまでに潜伏期間が2日くらいあるらしい。その間に人にうつしてしまうことが多いとも言う。発症してからも、外出して、ホームから落ちて亡くなった人もいる。原因ははっきりしないが、軽く見てはいけない。薬によっても、異常行動を取ることがあるらしく、特に子供の場合、注意が促されている。

予防方法などもテレビで度々放送されていた。マスク・手洗い・うがいということは必要なのに違いないが、マスクは罹患者が人にうつさないためには必要であっても、マスクによって罹患を防ぐことは難しいらしい。手洗いは大事らしいが、うがいは大した効果はないらしい。むしろ、歯磨きが推奨されている。歯垢には菌を増殖させる物があるということだ。口内に入ったインフルエンザウイルスは20分くらいで、細胞の中に入り込んでしまうから、その前に、水でもお茶でも飲んで口内に入ったウイルスを胃に流し込んで、胃酸に退治して貰うのがいいのだそうだ。それで、インフル患者に直接向き合う医師が7分から20分ごとに水を飲んでいると言っていた。

何しろ、この一月は殆ど雨の降らなかったところが多く、乾燥が酷かった。これもインフル猛威の一因だろう。この二月になって割合乾燥していたところも雨が降り出した。これで、一段落してくれるといいのだが。

私事であるが、私は幸いインフルに感染したことの記憶がない。予防注射など高校生の頃受けたかも知れないが、以後60数年受けていない。閑人で、ストレスはないし、電車バスに乗らず、もっぱら自転車で移動していることも幸いしているのかも知れない。働き盛りの方達、是非、インフルを防禦していただきたい。

〔2019.2.6〕

私みたいな人ばかりだったら

私は、今自分のことを「閑人」といい、時に「化石」と言っています。戦前生まれの私は、戦後の極端に貧しい時代を生きたせいか、今の時代、物に溢れていても、何かを用済みだと言って棄ててしまうことが出来ません。またいずれ使うときがあるだろうと取っておきます。滅多に役立つことはありませんが、それでも懲りずに取っておきます。時に耳にし、テレビなどでも見るいわゆるゴミ屋敷ほどではありませんが、段々生活空間が侵されているのをひしひしと感じ、そろそろ終活と共に持ち物整理をしなければと思ってはおります。ただ、暑いときには一寸暑いからとか、寒いときにはもう少し暖かくなってからと順送り、中々手に付かないのが現状です。

そんな私は、時にこんな風に自分を観察し、世の中のことを思います。

今時分、節約ということは殆どはやりません。一時期、エネルギーの節約、省エネなどと騒がれました。家電製品など、かなり省エネは進んでいるようです。そういう、省エネの物をどんどん作っています。これでも節約なんでしょうか。よく分かりません。この頃は、以前使っていた物が壊れると直して使うよりは新しく買い換えた方が、却って節約になるなどと言われます。機械の性能も良くなっています。古い人間には、部品だけ変えて使った方がいいように思うのですが、駄目なんですね。家具などにしても然り、私は、直して使いたい口です。着る物にしてもそうです。今の物は余程丈夫に出来ていて、中々破れるまで使い古すことなど殆ど出来ません。かといって、流行遅れになるとみっともないとも思います。しかし、有り難いことに、最近は奇妙な服装が多く見られ、一寸くらいの流行遅れなど気にもされません。それどころか、ボロとしか思えないルックやわざわざ穴あきのズボンなどが恰好いいと見えます。

とは言え、もう新しく買いたい物は殆ど見つかりません。この頃、記念品などにカタログから選ぶ物が多くなりましたが、残念ながら幾らカタログを見まわしてみても、これと言って欲しい物が見つかりません。私にとっては、あれが欲しい、これも欲しいと言っている若い人が羨ましくなります。世の中、私のような人間ばかりになったら、どんなに経済が停滞するのかと思ってしまいます。これでいいのでしょうか。勿論、私などはもう勘定外でしょうからいいとは思いますが、私などよりもっとうわての人も居ますので、喜んだり呆れたりしています。

ただ日本では物余りの状態であっても、世界中がそうでもないようですから、ちょっと節分ではやりの恵方巻を作る量を減らすとか言うだけでなく、富の分配、物の分配がもう少し上手く行く世の中のシステムという物が出来ないものかと思います。

〔2019.2.6〕

統計

この国会で、厚生労働省から始まった統計の不正問題が喧しい。折しも二月一日は「統計の日」だったらしい。

統計調査員の部の特選標語は「活かせ統計、未来の指針」なのだそうだ。他にも公務員の部で「次世代へ　未来を託す　確かな統計」といかにも専門家らしい。一般の部では「統計で知る　小さな兆候　大きな展望」と正しい統計に期待を寄せている。更に、高校生の部では「統計は　確かな明日の推進力」、中学生の部でも「進むべき　未来の　ヒントは　統計に」とあり、小学生の部には「調べたい　もっと知りたい　ぼくのまち」などと統計にかける信頼期待のようなものが見られる。

こういった標語を作った人々は今の不正についてどう思うのだろう。こんな事も聞いた。

吉田茂元総理大臣がマッカーサー元帥と会ったとき、マッカーサーが、日本の統計の出鱈目さを突いたという。その時、吉田首相は「もし、日本の統計がまともだったら、アメリカと戦争などするはずがなかった」と応えたそうだ。

最近のニュースを聞くと一部は廃棄したというようなこともあったらしいが、抑も、統計を一部の書類などと同様な感覚で、廃棄していい物かどうか、統計という物に対する考え方として考えにくい行為である。大げさに聞こえるかも知れないが、ヨーロッパのまともな国々は数百年分の統計が保管されているという。事ほど左様に、大切にされるべき統計が、実に蔑ろにされている様子は、実に嘆かわしい。

この原因は統計に関わる人材の不足も言われている。他の関係の人員が1割カットされたのに対して、統計関係は6割カットされたと言われる。ここに、行政府全体の統計に対する認識不足が露呈している。

国会の議論は聞くに堪えないが、今まで関連した事柄に携わっていた係官を更迭したというので、国会には呼ぶ必要がないというようなこと、真相を究明する熱意にかけているとしか言いようがない。与党・野党に関わることではなく、国民生活に関わることなのだという意識をキチンと持って欲しい。大臣とか国会議員という人達は一体どの程度の認識なのか。情けないとしか言いようがない。第一、これを駆け引きの材料にすべきではなく、真相究明第一にすべきである。国家百年の計と言うのは大げさかも知れないが、非常に大切なことだと思う。

〔2019.2.6〕

踏んだり蹴ったり

立春明けの二月五日は天気は上々、とてもいい陽気でした。去年のことを思い出すと、その三日前二月二日に室内で転倒して、大腿部を強打し、翌々日の四日から、痛みが酷くて、歩行もままならない状態でした。今年も、この五日は私には、踏んだり蹴ったりの日になりました。

去年夏、左上の奥歯二本が抜かれてしまいました。大して痛みがあったわけでもなく、多少不快なだけでしたが、歯の根に膿がありました。抜けた跡は穴になっていましたが、生活に特に支障はなく、このままでいいと思ったのですが、放っておくと骨盤が歪み体全体が歪んでくるから、未だ、暫くは元気でいるはずだから、治さないといけないということでした。抜いた歯の跡はインプラントをするらしく（こんな他人事みたいなことを言ってますが、前にして貰ったこともあり、何も説明がないのです。聞かない私の方もいい加減なものですが）昨年末、大がかりなレントゲン（自費なので費用も相当掛かりました）、その結果、先月二十八日に受診したときに厄介なことが起こっていると言われました。歯茎の中に歯根が折れて残っているというのです。全く心当たりがありませんが、写真に陰があるようです。その除去をしないと進めないというので、昨五日にその除去手術、ちょっと大げさに聞こえるかも知れませんが、ビルを壊して跡を更地にするように、地下に残った構造物を重機で、こそげ取るような感じでした。今朝はようやく治まりましたが、半日以上血が滲んでいました。今はもう何ともないのですが、来週抜糸、それから長く掛かる治療のようです。

それにもう一つ、これはこれからの私の運動に関わるようなことで、気懸かりです。もう、十数年前に右鼠径部のヘルニアの手術をしましたが、今度は数日前から左側がかなりふくらんできました。痛くも何ともないのですが、気になるので前に診てくれた医者を受診しました。矢っ張りヘルニア、放っておいて飛び出した部分が壊死すると大手術になると言われ、前に手術をしてくれた病院を紹介されました。明後日、またそこを受診することになりました。この前は数日の入院、その後に三ヶ月でまた相撲は取れましたので、早くして回復すればいいなと思っています。筋トレなど腹圧の掛かることはやってはいけないと止められました。暫くは大人しくしていなければ思っています。

年を取ってくるとこういういろんな事が起こってきます。

〔2019.2.6〕

毎日よくもこんなに

毎日、実に沢山の電子メール、馬鹿馬鹿しいので、それを一々迷惑メールに指定するのだけれども、相も変わらず同じような物が次々と届く。迷惑メールのフォルダーの中にも、勿論わんさとある。毎日記録したわけではないが、ほぼ数百通、一千通には届かないが、よくもよくもこう根気よく送ってくるものだ。一々、アドレスを変えては、迷惑フォルダーに入らぬようにしているらしい。その迷惑メールフォルダーも一気に消せばいいのだけれども、時に、と言うより、毎日必要な物も入っているから始末が悪い。だから、一応、標題には目を通すが、そうするだけで相当時間を費やしてしまう。

今次のような標題のものが残っていた。「1,0.0, 億;円送金日本国通貨窓口様から」この「1,0.0, 億;円」とはどういう事なのだろうか。次も同じ「あなた様の 1:0:0. 億.円の受け取りが確定しております」と。これも同じだろう「事前に 1:0:0; 億:円をお受け取りするご指定の口座情報をご登録下さい。」こう言うのに返事をしたらどうなんだろうか。やってみたいが、危うきに近づかずだ。

「伊藤ですけど送金完了メールは確認してもらえてますか?・」「伊藤です。あなたは特別な受給者様となっておりますので即時支援金の受け取り可能となっております。」「完全無料ノーリスク　ワンタップし続けるだけで１００万、３００万、１０００万‼」などなど。「百億円」と読ませるつもりか、

「百億円」と書いてあるのもわざとらしい。何かの仕掛けかも知れないなと思いながら、消している。

　こんな変なのばかりではないが、広告のメールも相当数ある。一日に何回かメールを開くが、殆ど常に数十通迷惑メールを含めてきている。同じのが何通もある。実に面倒。時に、一切やめてしまおうかと思うが、メールでしか連絡の取れない人もあり、手紙や電話より余程重宝もする。特に外国にいる人とのやりとりにはとても便利だ。だから未だにやめられない。ただ、旧式人間なのだろう、私がわざわざ手紙を手間暇かけて送っているのに、必ずメールで返礼・返信をしてくる人も何人か居る。連絡がないよりはマシかも知れないが、全然嬉しくはない。

　これからますます、インターネット関連の技術や、インターネットでしかできないことが増えてきそうである。置いてきぼりに成るのは目に見えている。でも、世の中には、まったく、インターネットに無関心、手を付けない人もいるにはいる。早晩その仲間入りすることになろう。

〔2019.2.6〕

児童虐待

このところ、毎日、野田市で小学4年生の女の子が、父母に虐待され、先月死亡した件について引きも切らずニュースが流れている。聞くも痛ましい事件、国会でも取り上げられ、対応が検討されている。

生活習慣を付けるために実に酷いことをする親がいるものだと、恐ろしい気がした。生活習慣など親が見本を見せればいいのであって、子どもを痛めつけたところで反感を買う以外何もないと思う。しかも、子どもを死なせておいて、悪いことをしたとは思わないと、報道されている。鬼みたいだと言えば、鬼が怒りそうである。

偶々、奈良刑務所の少年受刑者達の作った詩のこと、それによって心を開いていったということを放送で聞いたが、そういう犯罪を犯した少年達は、ほぼみんな子どもの頃、虐待を受け、居場所のない淋しさと、自分など何の値打ちもない人間だと思わされていたと言う。子どもの頃の虐待、しかも、本来は慈しんでくれる親からの虐待が、如何に大きな心の傷を作るかということ、子の親たちや、教育に携わる方達にも肝に銘じておいて頂きたい。「慈念衆生猶如赤子」という言葉をよくよく味わって欲しいと思う。

今回の事件では、十歳の子どもが勇気をふるって書いたアンケート、親に見せれば、激高して一層いじめが酷くなることは目に見えているのに、学校現場の教師達なのか、教育委員会の人達なのか分からないが、父親に恫喝されて見せてしまったということだ。正に、今度の殺人事件の犯人と共犯としか思えません。申し訳ないと言って頭をどれだけ下げても済むものではない。

本当に、虐待を受けて亡くなったこの「ミアちゃん」どんなに辛かっただろう、どんなに悲しかっただろう。思っただけで私までシュンとしてしまう。冥福を祈ると共に、今度世に出てくる機会が有れば、今度こそ、まともな親から生まれて欲しいと願います。切に祈ります。

〔2019.2.8〕

豚コレラ

昨年来、岐阜県の何箇所かで、豚コレラの感染が確認され、豚コレラが出た養豚場では、飼育されている豚全てが殺処分され、地中に埋められました。豚コレラに掛かって死亡していた野生の猪も何頭か見られ、警戒されていました。ただ、それは、全て岐阜県内におさまっていました。

ところが、今月になって、岐阜県の豚コレラの発生したところから、相当離れた豊田市の養豚場で豚コレラが発生、それから一気に大阪府、滋賀県、長野県などにも拡がってしまいました。豊田市の養豚場から出荷された豚のためでした。既に異変が起こっていて、愛知県にも報告していたのに、豚コレラとは認定されずにいた僅かな間の出来事でした。件の係官は、それに特に責任を感じていないような様子、我々から見て誠に不思議な対応。若し悪かったと認めたら責任を取らされるのかも知れませんが、そんな問題ではなかろうと思うのですが、役人にとっては自分の不利益になることは、他の人が幾ら大変な目にあっても仕方のないことなのでしょう。こういう、役人根性がある限り、こんな人ばかりではもちろんないのでしょうが、世の中は良くならないと思います。全ては人の倫理観の問題なのかも知れません。自分さえ、無事ならば、豚コレラがどれだけ拡がろうが、知ったことかとさえ勘ぐられます。

それよりも何よりも、罪のない豚たち、１６０００頭余りが殺処分されました。これに当たる人達もしのびがたきを忍んで事に当たったのだろうとそのご労苦に対して深く感謝と敬意と御礼を申し上げたいのですが、当の豚君達の無念さにも誠にやるせない気持ちです。鳥インフルの時にもそう思いましたが、本当に理不尽なことです。こんな事をしているといずれ人類が、鳥類や豚たちに竹篦返しを受けるのではないかと、戦々恐々としております。

〔2019.2.11〕

今日現在まだ豚コレラは終息するどころか、まだ拡っています。殺処分された豚君たちの数はまことに厖大になります。

〔2019.8.18〕

私の仏教 ―― 無常を観ずる

五木寛之さんの「ぼけない名言」に兼好法師の言葉として「人間常住の思ひに住して仮にも無常を観ずる事なかれ」を取り上げて「兼好法師という人物は、世捨て人などではなく、なかなか世知に長けたくえない人物であったようである」と最初に言っていらっしゃいます。「金持ちになるための思想」という題も付いています。

私は虚を突かれたように思いました。この引用された文言も直ぐには思い浮かびませんでした。それでそのモヤモヤを晴らそうと徒然草を繙いてみました。確かにこういう言葉が二百十七段にあります。しかし、五木さんの引用は故意か過失か、正しいとは言いにくいと思います。

これはある大福長者の言葉として引かれたかなり長文の中の一文であります。その長者の言葉について、兼好法師のコメントもありますが、これを肯定しているわけではありません、明確な否定でもないのですが、長者の言葉のあとの方で、貧富のことに言及していることを取り上げて、結局財産を使うのか、使わないのか、有っても使わないなら無いのと同じだ、「欲を成じてたのしびとせんよりは、しかじ、財なからんには」と言い、最後は「大欲は無欲に似たり」と結んでいます。

全体の趣旨は、必ずしもスッキリは言えませんが、五木さんのような結論には成らないように思います。勿論、兼好法師が、世知に長けていたということ、それはそうと思いますが、欲の塊であったわけではなく、「金持ちになる思想」ではなかろうと思います。

勿論、この引用のように、発言全体はともかく、その片言隻句を取り上げればそう言うことも成り立ちかねません。こういう手は、政治家が相手を批判するためによく使う手です。その言葉がどんなシチュエーションで発せられたかということを十分考えなければ真意は伝わりません。

この場合、五木さんは兼好法師の真意を伝えてはいないと思います。ここだけを取り上げての議論は兼好法師のためには正しくないと言わなければならないと思います。

〔2019.2.27〕

私の仏教――厄月

厄年ということはよく聞く。厄年の人が厄払いのためにいろんな事をする。全国にある裸祭りなど、そういう趣旨のものが多いと聞く。愛知県の国府宮の裸祭りも厄男達が厄落としのために、神男に触って厄を引き受けて貰おうとするのだそうだ。

実は私、二月は言わば厄月。こんな言葉は聞いたことはないが、どうもそんな気がして仕方がない。去年は二月初め、室内で転倒して大腿部を強打し、暫く難儀をした。今年は、昨年、七月に左上奥歯二本が抜かれた後の処置のため、五日に大がかりな手術。抜けた跡、穴になっていたが、大したこともなかったのでこのままではいけないかと聞いたら、医者は、放っておくと、骨盤がゆがみ、体全体が歪んでくると言う。抜歯の跡は今までの経緯でインプラント、頼んだわけではないが、成り行き上そうなった。私が黙っていたから仕方のないことだけれども。それで、昨年末にＣＴ撮影、それも自費なので相当高額だった。それはともかくとして、今年になって受診したら、困ったことになっていると言われた。つまり、歯茎に歯根が折れて残っているという。まったく、心当たりはない。その手術だった。歯茎の石灰化物除去手術ということだが、たとえてみれば、丁度、ビルを壊して更地にするのに、地下に残った構造物を重機でこそげ取るような塩梅、口の中で大工事が行われたみたいだった。その出血はその日一日続いた。

そしてその日の午後、少し前から、気になっていた鼠径部のふくらみ、以前もう十三年前になるが、その時に診断を受けた医師に診て貰ったら、以前同様鼠径部ヘルニア、その三日後これも以前世話になった病院を受診、直ぐ手術の日が決まり、十九日に入院し、二十日に手術を受けた。直ぐ二十二日には退院、割合軽微には済んだが、術後二週間は運動を差し止められ、日常生活には戻れない。

二年続きの厄続きだ。二度あることは三度などと聞くので、何とか三度目は免れたいと思っている。何か厄払いをしなければと思う。

〔2019.3.1〕

富良野メロン6600玉が全滅

北海道・富良野のメロン農家「寺坂農園」が、Twitter上でメロンに除草剤を撒かれた被害を訴えている。代表の寺坂祐一さんは8月3日、ハフポスト日本版の取材に対して「こんなことをする人がいるのか」と憤りを語った。以下、その内容を全文引用する。

メロンハウス6棟が全滅しました。離農するかもしれない事態です。寺坂農園のメロン畑が犯罪被害にあいました。その犯罪行為の内容がわかるにしたがって、悪質な酷い犯罪であることがわかりました。犯罪被害にあって、メロンハウス6棟が全滅。約6600玉のメロンが全滅して収穫不能。科学的な調査の結果、メロン畑に除草剤が撒かれていたことが判明しました。私たちの推定ですが、7月10日深夜に、犯人がメロンハウスに忍び込み除草剤を撒くという犯罪行為を実行したようです。6棟のメロンすべてがゆっくりと数日かかって枯れあがっていく。メロン農家にとって、こんな過酷で悪質な犯罪行為はありません。最初、理由が全くわかりませんでした。何をどうしてもメロンは枯れていく。メロン農家としてこんな辛く、悲しく、そして無力感を感じる出来事は、今までありませんでした。悔しい…。あまりの出来事に、世の中を信じられなくなるくらい精神的に追い込まれました。

1棟除草剤撒かれただけでも経営にものすごいダメージを受けます。なのに一気に6棟も犯罪行為により全滅させられてしまいました。事件発生の7月10日から今日まで犯人逮捕に向けて自然を装いSNS投稿もいつものように　ふつうに投稿し続けていたのも辛いものがありました…。「青肉メロン」ご注文のお客様へ　キャンセルお願いの電話をどんどんかけているところで一部のお客様にはお伝えしていましたが警察の捜査も着々と進んでいるようです。警察やこころある人たちからの励ましで私のメンタル面も立ち直りつつあり　ようやくこの事実を投稿する事ができました。

【事件は7月10日に発生していました】経緯を説明します。まず、7月に入ってから通常ではありえないことが　メロン畑で起きるようになりました。メロンハウスの全自動換気装置が誤作動を起こす。最悪の場合メロンが焼けてしまい全滅する可能性があるトラブルでした。そのときは、犯罪行為が行われているなんて想像もつかず、私は「誰かスタッフが間違えて操作した」と思い、スタッフに注意するように指導していました。2~3日に一度の頻度で朝になると全自動換気装置の設定が数棟、狂っていましたが、全て誰かが気づいて対処して、メロンが高温で全滅する危機を3回ほど回避していました。「絶対に設定をいじっちゃダメ!メロンはあっという間に全滅するよ!」そのたびに朝礼で注意していたのですが誰かが間違えて、設定をいじっている。そう思いこんでいました。犯罪行為が行われているとはまったく気がつかなかった…。お人良しの私は、イタズラされているとも考えませんでした。しかし、4度目は大規模な犯罪行為が発覚しました。9日夜から未明にかけて・一度にメロン畑9棟の全自動換気装置の設定を　ぐちゃぐちゃに狂わせる。・メロン畑東側8棟の換気装置を動かすブレーカーを　オフに操作して換気装置すべてを機能停止状態にする。・2カ所ある給水栓が『半開き』で農業用水をダラダラと流したままにする。　一定量を越えると、メロン畑に水が流れ込み畑が水浸しになる。・そして、農家にとっては究極の極悪非道の禁じ手である『6棟に除草剤散布』。これらの犯罪行為が9日夜から未明にかけて一気に実行されていたのです。そんなことも知らず…10日は朝5時半から3人でメロン収穫作業を行っていました。すると21番ハウスの巻き取り開閉が狂っていて開かなくなっている。早朝は曇り・雨の天気だったので締め切りのハウス内が高温になって　メロンが焼けてしまうことはなかった。「また設定が狂ってるね…おかしいね…」しかも給水栓が、2カ所も中途半端に開いていて農業用水がダラダラと流れ出ている。「あれ?昨日の夜7時に見回りをして　そのときは水は出ていなかったのになんでだろう…」収穫スタッフと「不思議だね」と、話してました。その後、収穫作業が8時頃終わり朝礼を終えた頃、曇った空が晴れはじめ暑い夏の日差しの太陽が照り始めました。専務がハウスの見回りにいったとき、25~32番ハウスが開いていない!メロンが蒸し焼きになっている緊急異常事態を発見。スタッフ総動員で駆けつけメロンハウスのサイド換気を開けようとするも、電源が落ちている!電源コードを切られたか?これは間違いなく外部の人間の仕業。まさか…ここでとっさに思い浮かびました。「これは…うちのミスじゃない。寺坂農園を潰そうとしているヤツがいる」恐怖を感じながら、必死にハウスの下腰ビニールをおろして換気できるようみんなで汗だくになりながら開口部を作りメロンを守るのに必死でした。「ブレーカーが落とされている！」父が原因を発見し、電源復旧。ゆっくりとハウスのサイド換気が開き始めなんとか全滅を逃れることができました。設定を狂わされたのは8棟。そのうち、焼けたハウスは4棟。熱い日差しの下、約1時間ほど換気されないハウスの中で ジリジリと蒸し焼きになっていたメロン。生育への影響程度は…中位葉が少ししおれているぐらいで今までの経験から『回復する』と判断。「これぐらいの程度なら、何とか収穫まで持っていける！」そのとき15名ほどで走り回って大騒ぎしながら換気しようと頑張っていましたが、とりあえずみんな一安心。それと同時に、得体の知れない恐怖感がわき上がる。「い、いったい誰が…」いったいなぜ…。何の目的が??前に3回ほどあった全自動換気装置の設定が狂っていたのも、そうか、外部の人間の仕業だったんだ…本当に恐怖を感じました。このまま秋までメロンを収穫しきれるのか?また犯罪行為をしにくるのか?めまいがした。しかも一年で一番の繁忙期の今。心が折れそうでした…。でも、換気ができずに蒸し焼きになったメロン4棟を見ると、生育に悪影響が でるものの、回復し収穫できそうなので「何とか助かった…」と、思っていたのですが…これは深刻な犯罪行為に違いありません。とにかく警察へ通報。被害届を出して捜査してもらうことに。もうこの時点でヘナヘナです。しかし…それで終わりではありませんでした。翌日11日になるとメロンの『しおれ症状』がひどくなっていくのです。天候は曇り・雨の空模様。メロンが〝しおれる〟天気ではない。蒸し焼きになったハウスの内3棟が時間の経過と共にゆっくりと葉のしおれが酷くなっていきます。そして、さらに不思議なのが…蒸し焼きにならなかった被害のないハウス、ちゃんと換気していたハウスのうち3棟もしおれてきたのだ。「まさか…?! 除草剤をまかれたか？」いやいや、それはないだろう。そんなこと、悪魔にしかできない。そんな悪質な事件、聞いたことがない。メロン栽培はものすごく手間がかかり毎日気を配って管理してようやく収穫できる難しい農産物だ。そんなメロンに除草剤散布は、『それをやっちゃ人間じゃない』悪魔レベルの所業である。農業改良普及センターの専門家にもすぐに来てもらい、ゆっくりとしおれていくメロンを見てもらった。「メロンの玉の横肥大期なので樹への負担が強くかかった為の生理傷害ではないでしょうか？一時的な現象だと思われます」よかったー‼除草剤じゃなかったー！それなら生育は回復する。させられる。でも、まて。『曇りの天気なのに〝しおれてる〟』っておかしい。もしこれが生理傷害なら原因不明だ。その場合、このハウスに来年メロン植えたら悪化して症状がでる。メロン作りができなくなる、ということだ。犯人が分からない不安。動機がわからない不安。それに、理解不能なメロンのしおれ症状。気が狂いそうだった。6棟も全滅したら、お客様に迷惑をかけるだけでなく、寺坂農園は、倒産だ…。できることをやるしかない。スタッフ総出で6棟のメロンハウスに遮光ネットをかけて日差しから守る。肥料を溶かした水を流し込み葉には栄養剤をかけて回復を祈った。やれることは全部やった。除草剤でなければ、これで回復する。事件発生3日目の翌12日。早朝、おそるおそるメロンハウスをのぞくと、しおれが酷くなっている。メロンの葉が寝たまましおれ、起きない。もうダメだ…。どうみても、除草剤をかけられたあと、のような枯れていくメロンの姿である。農業資材メーカーの営業にも見てもらうと「あぁ、きっと除草剤ですね…」「生理傷害では説明つかない。これは除草剤が効いている症状だ」「これは酷い、酷すぎる…」警察にも再度連絡し現状報告。

科捜研が調査することになりました。当農園も民間の残留農薬検査に サンプルを送り調査しました。この間の約5日間は、生き地獄でした。きれいに編み目がかかったメロンが ズラーッと１２０ｍも並んでいるハウスの中。ゆっくりとゆっくりと、メロンが枯れていくのです。手は尽くしたのですがこれ以上、助けることもできない。ただ、ただ、メロンの茎葉が枯れていくのを見ているだけ。メロンの玉だけは残り葉と茎は枯れるので残ったメロンの玉がむき出しになって ズラーッと並んでいる…そんな悲惨なメロンの墓場を見ているだけ…たとえるなら高校生まで育てたかわいい子供が目の前でゆっくりと5日間かけて死んでいくような感覚。しかも6棟、約６６００玉分も。もう、夢であって欲しい。自分の農園で起きたこととは とても思えない。まさに、生き地獄でした。連日の収穫作業で疲れているのに夜はがっつり焼酎をあおらないと とても寝られない。やっと寝ても、苦しいことに次の日がまた始まる。朝、目覚めたくない！しかし早朝、メロン収穫作業へとメロン畑に行かねばならない。メロン畑に行くと、死にゆくメロンハウスがあちこちにあり胸が苦しくなってくる。吐き気がしてくる。農園全体が葬式のようでした。毎日が。スタッフの口数も少なく沈んだ空気。メロン農家なんて、もうイヤになりました。それでも、毎日メロンを収穫して元気な『ふり』して農園の様子を投稿し発送作業を続けていました。次の犯行におびえながら。残ったメロンハウスは10棟。あと1、2棟やられたら、確実に倒産だ。寺坂農園はたくさんの人を雇用している。9月には給与を払えなくなって一気に倒産となるだろう。そういう面では家族経営の農家より危うい経営体であるのだ。北海道農業だから、夏の一発勝負。来年の秋まで、収穫と収入はない。冬がくるので一年一回一度きりの真剣勝負。その真剣勝負が…犯罪行為のターゲットになり無惨なことに。これ以上、被害に遭ってはならない。監視カメラを各所に増設し光センサーライトをメロン畑の各所に設置しました。そして毎晩交代24時間体制で見回り、監視をシフトを組んで続けました。「犯人は必ず、効果を確認するために現場にまた来るはずだ。」

「これ以上の被害はださない。絶対にメロンを守るんだ」みんなメロン収穫で疲れているのに男性スタッフを中心に見回り、監視にすすんで協力してくれた。警察も毎晩、巡回にきてくれて張り込みもやってくれました。これは安心でした。とても感謝しています。が、犯人はあらわれず…。事件後3週間がすぎていますが監視・見回りを今でも続けています。残るメロンはあと6棟。何とか守り抜きたい。どうやら、捜査が進んでいるみたいで警察のお話だと、犯人を逮捕できそうだとの話がありこれで今回の事件も投稿許可も出て現在に至っています。まだまだ、犯人逮捕まで予断を許さないところですが…。とにかく、今できることを。残ったメロンを守ること。残り6棟の赤肉メロンハウスをしっかりと収穫することに集中します。そして来年以降、私たちが安心してメロン栽培をできるようになること。それを心から願うばかりです。※犯人逮捕に繋がる情報がありましたら警察までお知らせください。ご協力よろしくお願いします。

【お客様へ】経緯報告が長くなりました。以上のことから、8月からお届けするメロンの数が、かなり少なくなりました。赤肉メロン『フラーチェ』は計画より約４６００玉も収穫量が減りました。遅くにご注文いただいた場合は早くに売り切れになりそうですのでご了承ください。まだご注文を受け付けています。しかし、すでにご予約いただいている分がありお届けは8月下旬になりそうです。ご理解のほどよろしくお願いします。

【青肉メロン『オルフェ』ご注文のお客様へ】２棟２０００玉を生産していてとても順調で元気よく育っていましたが…犯人の標的となりすべて全滅となりました。

私の朝の日課

5時半から6時の間に起き、トイレに行き、直ぐ体重測定をしてから、廻しをして、四股を１００回踏む。大体12、3分、その後、空気椅子30秒くらい。その後、シャワーを浴びて、鉄瓶に水を入れてガスにとろ火でかけ、門を開けて、お地蔵様の水を換え、花の水を換えてお参りし、その後、庭に水を蒔く。本堂の花の水替えをするときもある。

その間に湯がほぼ沸く。それをトマトの湯むきのためにつかい、お茶をいれ、仏様に供える。それから、生薑を刷り、一部をコップに入れ、蜂蜜を入れて、生薑湯を作る。その後、どんぶりの中に、なが芋を摺りおろし、その中にバナナ一本と、オクラを切って入れる。次に冷凍してあった、檸檬とタマネギをすり下ろす。次に、林檎、にんじん、大根をすり下ろす。これですり下ろす事は一段落。湯につけてあったトマトを切り、林檎を剥き、バナナと、キウイフルーツを切る。これで、流しでの仕事は一段落。ほぼ30分くらい。

次に、長芋と、バナナ・オクラが切り入れてあるどんぶりに、たらこを入れてすりつぶし、ついで梅干しとオリーブ油で煮てあるニンニクを二かけらくらい入れてすりつぶす。

次に、シリアル3種類、玄米フレーク・大麦ミックス・オールブランを入れ、すりごま・昆布の粉、香煎、干しエビ、にぼしの粉、レーズン、かつお節の粉、きな粉、プロテイン、ブルーベリー、わさび漬け、ちりめん山椒、金山寺味噌を混ぜる。

その後に、パックの納豆と納豆だけの納豆を使う。附属の納豆のタレ、辛子を加え、その後で、オリーブ油と酢をかけて混ぜ合わせ、最後に、すり下ろしてあった大根等の水分をコップにとったあとを混ぜ合わせ、それに、一味唐辛子をかけて混ぜ、特製納豆は完成。

その後、再び、寝床に戻って血圧測定。

その後、また湯を沸かし、インスタント味噌汁を作り、納豆をわける。そして、それから、果物とインスタント味噌汁と共に、朝食。

これが8時過ぎ。

6時くらいにおいで下さるとの事、それまでに門を開けないといけませんので、「廻しをして……シャワーを浴びて」の部分を後回しにして、先に門を開けて地蔵様に水替えをする事にしましょう。そして、「その後再び寝床に戻って……」の部分は省略しましょう。

扨て、それで、一体どの部分を撮影されるのか、ご検討いただいてお教え下さい。

皆さんは、お寺においで頂いたら、先日の部屋にお入りいただいて、ご準備などなさっていただければと存じます。

宜しくお願い申し上げます。

田島毓堂

あとがき

この冊の記事は、少し時期を外れたものもありますけれども、多くは二〇一四年ごろから一九年にかけてのものです。『書芸中道』の巻頭言として書きました「私の仏教」と題するものと、『かけはし』所載の「磨言」「ニュースに一喝」の記事から選んだものであります。ただ、中にはそのいずれでもないのもあります。時期の順になっていますが、分からないものも混じっています。しかし、特別それが関係するようなことではありませんので、ただ、記事を並べる基準だったというだけであります。初出一覧にもどうしても判明しないものがいくつかあり、空白にしてあります。

本冊の挿絵もまた渡辺久美子さんを煩わせました。記事の選定をして下さいました右文書院三武義彦社長と共に、記して甚深の謝意を表します。

令和元年十月二十五日

田島毓堂識

118	私の仏教—汝これ彼に非ず		2018.11
119	消費税、軽減税率の怪	かけはし341ニュース	2019.1
120	スーツ	かけはし341磨言	2019.1
121	健康、食品、寿命	かけはし341ニュース	2019.1
122	談合と忖度	かけはし341	2019.1
123	助動詞の意味	かけはし341磨言	2019.1
124	私の仏教—無用者の用？	中道587	2019.2
125	私の仏教—元気を貰う	中道590	2019.5
126	私の仏教—人の上に人を作らず	中道588	2019.3
127	私の仏教—カラオケ	中道589	2019.4
128	私の仏教—強風と月参り	中道591	2019.6
129	いちご大福	かけはし342磨言	2019.3
130	付き合いにくい隣人	かけはし342ニュース	2019.3
131	インフルエンザ	かけはし342磨言	2019.3
132	私みたいな人ばかりだったら		2019.2
133	統計	かけはし342ニュース	2019.3
134	踏んだり蹴ったり	かけはし342磨言	2019.3
135	毎日よくもこんなに	かけはし342磨言	2019.3
136	児童虐待	かけはし342ニュース	2019.3
137	豚コレラ	かけはし342ニュース	2019.3
138	私の仏教—無常を観ずる		
139	私の仏教—厄月		
140	富良野メロン 6600 玉が全滅	かけはし333磨言	2017.10
141	私の朝の日課	私信	2018.8

88	本当は何か	かけはし338ニュース	2018.7
89	どちらとも言えない	かけはし338磨言	2018.7
90	米朝の首脳会談	かけはし338ニュース	2018.7
91	待ち時間	かけはし338磨言	2018.7
92	後ろから不意打ち	かけはし338ニュース	2018.7
93	政治ショー		2018.6
94	私の仏教—理不尽	中道582	2018.9
95	私の仏教—引き際	中道583	2018.10
96	私の仏教—自己責任	中道584	2018.11
97	次から次へ—今度はボクシング	かけはし339ニュース	2018.10
98	台風 12 号	かけはし339磨言	2018.10
99	宝の持ち腐れ	かけはし339磨言	2018.10
100	熱中症	かけはし339ニュース	2018.10
101	入試不正	かけはし339ニュース	2018.10
102	障害者雇用数水増し	かけはし339ニュース	2018.10
103	天災地変と為政者	かけはし339磨言	2018.10
104	名古屋、魅力のないところ？	かけはし340ニュース	2018.11
105	この夏の異聞	かけはし340	2018.11
106	自未得度先度他が悟り	中道585	2018.12
107	月参り異聞	かけはし340磨言	2018.11
108	伏木相撲大会	かけはし340磨言	2018.11
109	風疹	かけはし340磨言	2018.11
110	羹に懲りて	かけはし340ニュース	2018.11
111	元気を出して		2018.10
112	真相が分からない	かけはし340ニュース	2018.11
113	私の仏教—私の死生観	中道586	2019.1
114	人間としてアウト		2018.12
115	東大生以外は下界の人間		2018.12
116	障害者雇用水増し、お咎め無し	かけはし341ニュース	2019.1
117	私の仏教—男の子		2018.11

58	飽食と北朝鮮兵士	かけはし335ニュース	2018.1
59	オリンピックの日程	かけはし334ニュース	2017.12
60	論文を控えた学生諸君へ	かけはし335磨言	2018.1
61	真冬並み	かけはし335磨言	2018.1
62	約束	かけはし336磨言	2018.3
63	種子法廃止	かけはし335ニュース	2018.1
64	予防医学	かけはし335磨言	2018.1
65	木造船漂着	かけはし335ニュース	2018.1
66	得票率		2017.10
67	人を陥れる	かけはし336ニュース	2018.3
68	不可逆的ということ	かけはし	2018.1
69	英字ナンバー		2018.2
70	スポーツと政治	かけはし336磨言	2018.3
71	思い知りました	かけはし336磨言	2018.3
72	「はれのひ」と仮想通貨 NEM	かけはし336ニュース	2018.3
73	フジモリ元大統領	かけはし336ニュース	2018.3
74	合意を守る	かけはし337ニュース	2018.5
75	本末転倒	かけはし337ニュース	2018.5
76	私の仏教—返信	中道580	2018.7
77	私の仏教—煩悩即菩提	中道578	2018.6
78	凪		2018.2
79	気象用語あれこれ		2018.3
80	老化現象あれこれ	かけはし337磨言	2018.5
81	梅崎春生「砂時計」	かけはし337磨言	2018.5
82	小川博司先生を偲ぶ		2018.4
83	刑事訴追の畏れ	かけはし337ニュース	2018.5
84	文字と言葉	かけはし338磨言	2018.7
85	すばらしい　感動した	かけはし337磨言	2018.5
86	公文書書き換え	かけはし337ニュース	2018.5
87	私の仏教—典座	中道581	2018.8

28	なんてこった	かけはし332ニュース	2017.7
29	危うい文民統制	かけはし331ニュース	2017.5
30	闘魂	かけはし331磨言	2017.5
31	「人間の智恵を憎みます」	かけはし331磨言	2017.5
32	妊娠出産	かけはし332磨言	2017.7
33	私の仏教—つぎはぎ	中道569	2017.7
34	オランダの選挙	かけはし332ニュース	2017.7
35	私の仏教—閑居して不善を為す	中道570	2017.9
36	圧勝？	かけはし332磨言	2017.7
37	同姓同名の集まり	かけはし332磨言	2017.7
38	儒教道徳は今	かけはし332磨言	2017.7
39	天才	かけはし332磨言	2017.7
40	箍のゆるんだ安倍内閣	かけはし332ニュース	2017.7
41	怪文書		
42	稲田防衛大臣	かけはし333ニュース	2017.10
43	私の仏教—縁無き衆生は度し難し	中道575	2018.2
44	私の仏教—耳鼻科	中道571	2017.10
45	私の仏教—郵便	中道572	2017.11
46	私の仏教—こんな事が出来たら	中道573	2017.12
47	中国の IT	かけはし334ニュース	2017.12
48	土俵の周りにマット	かけはし333磨言	2017.10
49	防音シート	かけはし334ニュース	2017.12
50	相撲と重量制	かけはし333磨言	2017.10
51	暴言の責任	かけはし333ニュース	2017.10
52	北朝鮮のミサイル	かけはし333ニュース	2017.10
53	私の仏教—医療観	中道576	2018.3
54	私の仏教—食事	中道574	2018.1
55	社会人への伝言	かけはし334磨言	2017.12
56	もくせいの香り	かけはし334磨言	2017.12
57	解散総選挙	かけはし334ニュース	2017.12

本冊の記事の初出一覧

1	私の仏教―人の心	中道487　銀杏750	2010.10
2	私の仏教―母の認知症	中道535	2014.1
3	私の仏教―夏休み子供科学電話相談・挨拶の訓練	中道551	2016.2
4	私の仏教―見ていようが、見ていまいが	中道552	2016.3
5	私の仏教―もったいない	中道553	2016.4
6	私の仏教―言葉を大事に「重たい」		
7	私の仏教―世界一質素な大統領	中道555	2016.6
8	私の仏教―納得の出来る生き方	中道556	2016.7
9	私の仏教―怪我	中道557	2016.8
10	私の仏教―自動化	中道558	2016.9
11	私の仏教―医者いかず	中道559	2016.11
12	私の仏教―何のために生まれたの	中道562	2017.1
13	私の仏教―高齢ドライバー	中道561	2016.12
14	私の仏教―重ねて聞け	中道563	2017.2
15	私の仏教―参拝研修	中道564	2017.3
16	私の仏教―地蔵見学		
17	私の仏教―簡略葬儀		
18	私の仏教―廻転の力	中道565	2017.4
19	私の仏教―喪中状	中道566	2017.5
20	不可逆的解決	かけはし330ニュース	2017.3
21	言い換えればいいというものでは	かけはし330ニュース	2017.3
22	私の仏教―棄てる経済	中道569	2017.8
23	盗っ人猛々しい	かけはし331ニュース	2017.5
24	私の仏教―「キョウイク」と「キョウヨウ」	中道578	2018.5
25	締め切り	かけはし331磨言	2017.5
26	去る者は日々に疎し	かけはし331磨言	2017.5
27	手のひらを返す	かけはし331ニュース	2017.5

田島毓堂（たじま・いくどう）

1940年5月5日、中国北京市で生まれた。1968年3月名古屋大学大学院文学研究科単位取得退学。同4月東海学園女子短期大学専任講師、助教授、教授を経て、1978年4月名古屋大学文学部助教授、87年6月同教授（国語学講座）、88年4月から日本言語文化専攻を、92年4月から国際開発研究科を兼任、2004年3月定年退官。同4月から、愛知学院大学文学部・文学研究科教授、2013年3月退職。名古屋大学名誉教授。2003年8月から、社会福祉法人ラ・エール理事長。同9月から、語彙研究会代表。73年3月、『正法眼蔵の国語学的研究』により、文学博士の学位取得。2007年桂芳院住職。

主要著書　『正法眼蔵の国語学的研究　研究編』（77・笠間書院）・『同資料編』（78・笠間書院）・『法華経為字和訓の研究』（99・風間書房）・『比較語彙研究序説』（99・笠間書院）、主要編著『日本語論究』1〜7（1992〜2003・和泉書院）・『語彙研究の課題』（2004.3・和泉書院—名古屋大学退官記念）、『日本語学最前線』（2010.5・和泉書院—古稀記念）『比較語彙研究の試み』1〜16（97〜2013・名古屋大学大学院国際開発研究科・語彙研究会）、『磨言—芳冊《ほうさつ》』（2004・右文書院）、『磨言—淳冊《じゅんさつ》』（2005・右文書院）、『磨言—敦《とん》冊《さつ》』（2006・右文書院）、『磨言—志冊』（2016・右文書院）、『磨言—則冊』（2017・右文書院）、『修証義口語訳』（2019・右文書院）。

磨言——超冊

2019 年 11 月 30 日印刷／ 2019 年 12 月 12

著　者：田島毓堂

さし絵：渡辺久美子

発行者：三武義彦

発行所：株式会社右文書院

東京都千代田区神田駿河台 1-5-6 ／郵便番号 101-0062

Tel.03-3292-0460　Fax.03-3292-0424

http://www.yubun-shoin.co.jp/

製版・印刷・製本：株式会社文化印刷

岩手県宮古市松山 5-13-6

＊落丁・乱丁本はお取り替えいたします。

ISBN978-4-8421-0810-0　C0095